谢谢你，
让我成为更好的自己

云葭◎著

北京航空航天大学出版社

图书在版编目（CIP）数据

谢谢你，让我成为更好的自己 / 云葭著 . -- 北京：
北京航空航天大学出版社，2015.9

ISBN 978-7-5124-1888-2

Ⅰ . ①谢… Ⅱ . ①云… Ⅲ . ①散文集—中国—当代
Ⅳ . ① I267

中国版本图书馆 CIP 数据核字（2015）第 228729 号

谢谢你，让我成为更好的自己

云葭　著

策划编辑：吕晶晶

责任编辑：胡　敏　吕晶晶

＊

北京航空航天大学出版社出版发行

北京市海淀区学院路 37 号（邮编 100191）　http://www.buaapress.com.cn

发行部电话：(010)82317024　传真：(010)82328026

读者信箱：ibook@buaacm.com.cn　邮购电话：(010)82316936

北京时代华都印刷有限公司印装　各地书店经销

＊

开本：880×1230　1/32　印张：7　字数：163 千字

2015 年 10 月第 1 版　　2015 年 10 月第 1 次印刷

ISBN 978-7-5124-1888-2　　定价：29.80 元

前　言

　　曾有不少朋友曾向我抱怨说，她们现在的生活不是很理想，总觉得缺点什么，亦或是有什么目标没有完成，偏偏被生活束缚得连去奋斗的勇气都失去了。我一般会心平气和跟他们说，生活就是这样，缺点什么才更有味道，太完美就不叫生活。

　　一如此刻，我正坐在拉萨河边的咖啡厅，晒晒太阳，喝喝曼特宁，写着稿子，我会忍不住感谢生活，感谢我所拥有的一切。可是，就在前天晚上，我还为一些小事情懊恼伤神，向朋友诉苦。那个时候的我肯定想不到，在短期内我的心情会有这么大的逆转。

　　这就是生活，充满未知，充满考验，也充满希望。

　　这是我第一本文集，写的都是身边朋友的故事。昨天晚上我和朋友们闲聊，他们提起了这本记录他们故事的书。汗斯笑着问我，你居然还写耗子放你鸽子的事，原来不全是写他的好呀。我说，那当然啊，有优点有缺点才最真实，一味夸赞就没意义了，那也不是真正的他。汗斯和耗子都点头说是。

　　这就是我的朋友们，我们的相处有笑有泪，有欢乐也有矛盾，若非他们，又哪有我丰富多彩的生活呢。

借这本书的出版感谢我的朋友们：单丹、薛愉茜、施明珠、唐瑜、余华涛、胡国亨、王任昊、蒋张鹏、柯蓉、吴柳婷、王涛、刘景格、刘政、邢景、蒋玉婷、吴海斐。谢谢你们，在成长的旅途上帮我记录了难忘的篇章！

今天阳光很好，我的心情也很好，希望翻开这本书的人都能和我一样开心。

愿你永远恣意自由且快乐

我最初喜欢跟云葭一起玩,原因很简单,因为她长得好看。

被称为美女作家的人那么那么多,她是我看过照片后少有的觉得真正好看的一个。永远女神的黑长直搭配,不用刷睫毛膏的双眼皮大眼睛,还有我没有的完美鼻尖和大长腿。很长一段时间,我觉得别人说她高冷是有道理的,毕竟人家有资本嘛。但我们第一次见面后,我却对她改观了,什么高冷啊!卸下伪装后,她的本质就是个傻乎乎的神经病。

说起来,我也算是个活得很恣意的人,旅行从来不做计划,从来都是说走就走。所以在神交一段时间后,我们的第一次见面,也只不过是一时兴起的随口之约。

那时她还在杭州上班,我因为工作原因要去一趟长沙,于是我试着问她,要不来长沙喝个下午茶?其实我没抱希望,毕竟这听上去挺疯狂,但她竟然立刻订了机票,说,好的,周六见。

这样雷厉风行的风格,如果我是个男人一定立刻爱上她了。我想,这样的我们一定很合拍。

事实证明我们在长沙欢度了一个一点也不生分的周末,完全没有初次见面的生涩,我们可以很自然地躺在一张床上一起做面膜,说八卦,像认识了很多年一样。

我想,缘分有时不仅仅是用来形容爱情的吧。

第二天清晨，我送走要赶早班机回去上班的她，然后昏昏沉沉地睡死过去。离别的伤感对于我们来说太淡，因为我深知，我们都是那种想见面就会随时飞去见面的人。所以那年冬天，我也和她做了同样的事，因为她的一句邀约，我立刻定了去杭州的机票，归期未定。

　　深夜的杭州下着雨，凌晨两点，她和当时同住的好友一起接到我，我们去海底捞吃了海鲜火锅。

　　鲜美的白汤翻滚着，窗外的雨依然没有停。

　　如今想起来，那还真是段不怎么体面的日子。因为一段早已失去的感情，我反反复复地煎熬着，痛苦到远在杭州的她都看不下去了，她大喝一声，你来杭州，我陪你疗伤。

　　我以为会听到什么安慰的话，或者是"早日看开终会过去"的大道理，但一盘油条虾下肚，她都说着不着边际的八卦，凌晨四点回到住处，她将浴巾甩给我，说洗澡睡觉，明天咱们去买螃蟹吃，一切就没了下文。

　　我有多不甘心多惋惜，她都知道，但她不问，现在回想起来，我多么感激她的不问。

　　后来的日子，我吃掉了钱塘江一半的螃蟹，说笑而已，哪有那么多，只是小半个月的午夜，三个不怕胖的女人雷打不动地坐在一起剥螃蟹，那光景有多温情，大概第四个人永远都不会懂。

　　她是自我的，也是温柔的，那种温柔和大部分人想象中的不同，但我想，和她共处过的人一定感受得到。

　　雨停，她陪我去看西湖，风大得我们直跺脚。路上有奇怪的男人向我们搭讪，她气冲冲地白一眼走开，又换上高冷的模式。我其实挺喜欢看神情切换自如的她，觉得是种难得的乐趣。

　　她是双子座，我是处女座，女人都爱讲星座嘛，所以我们自动将自己划分为变动星座的同类，纵容着自己的恣意与多情。多情可不代表滥情啊，至少在我心目中，她是个专情的人。最初的最初，我只闻其人时，就听过她荡气回肠的爱情故事。

旅途中相遇，她为他去了云南，一起在香格里拉开客栈。爱情美好得一睁开眼，她就会收到男朋友送来的鲜花。

写故事的女人嘛，爱情大约比故事要来得精彩传奇。

其实他们只差一点点就走到结婚，但姻缘这种东西最难解，一个时机错了，往后繁复的结便都散开了。

分开后她回杭州，找了份工作做着，活得依然精彩，不再论对错亏欠。成年人了，只要能为自己的选择埋单就是好的，谁都不必去替当事人感叹什么。

今年冬天，我依去年的约去杭州看她，她已然有了新恋情，却好像并不是那么快乐。我们坐在深巷里的小酒馆里喝酒，我迷恋上咸亨酒店的太雕，喝完一杯又一杯，说起她的感情，道理局中人都明白，只是难以看得开。

最后她说："我会看着办的，你知道，我不舍得委屈自己。"

听罢这句，我也就特别特别放心了，旁人或许希望她趁年轻有个看上去不错的归属，而我呢，只希望她永远恣意自由且快乐。

恋着有恋着的好，但如果勉强自己分毫，那好多少也是有欠缺的。

我希望她永远不将就，不妥协，不放弃，执着地追求自己想要的幸福，和想要遇见的爱情。

还是那句老话嘛，总会遇到的，毕竟她那么美。

毕竟，她值得。

——那夏

序二

那些年你鲜衣怒马

我和云葭的初见是在 2013 年，然而听说她的名字是在更早的时候了，那时候身边的朋友告诉我，有一个爱写爱情小说的杭州姑娘，特别特别美，真的特别特别美。女生对女生，总是有那么些微妙的敌意的，当时的我心里还想着，真的有那么好看吗？然后直到2013年，我见到云葭之后，真正是心服口服，自己也夸赞道，真的好美。

我一直觉得能写出美好的东西的，应该是美好的人。云葭就是这样一个人，非常具有古典气息，像是画里走出来的女孩子，她有一双特别有灵气的眼睛。在我印象里，美人都是冷漠而疏离，带了点清高和傲慢的，然而云葭不是，出乎我的意料，她写古诗词，她解读那些缱绻的词曲中古老而隽永的温柔，可她本人却是一个特别活泼开朗且平易近人的女孩。

云葭喜欢旅游，有冒险精神，她并非养在玻璃罩里的温室美人。我刚认识她没多久，她就做出了离开杭州，去云南长居一段时间的决定，而这一离开就是一年多。我看她分享云南漂亮的点滴，洱海的风，大理的云，香格里拉的纯净，还有她居住的客栈里来来往往的客人，以及那些过客们埋藏在心底的故事。

在那里，她接触与城市完全不同的自然风光和风土人情，结交当地的朋友：背包客、客栈老板、酒吧驻唱的混血帅哥、度蜜月的小情侣、治疗情伤的失恋女孩、久闻云南大名远道而来的外国友人……

她走近他们，了解他们，分享彼此藏在内心的种种情愫，然后将别人的人生、别人的酸甜苦辣，提炼和凝聚成自己文字的成长力量，因而她写出的故事总是朴实而让人为之动容。是的，她就是个讲故事的人，她心底有太多太多的故事。

离开云南后，云葭并没有就此止步，她又去了新疆。而被日常烦躁工作所桎梏住的我，只能躲在高耸都市写字楼的格子间里，艳羡地看她穿着红裙骑着白马走四方，我默默佩服她的勇气和果敢。

新疆和云南有着全然不同的风景，那里尽是沙漠，是绵延的高山，和杭州的地貌相比，更是有着天壤之别，可以说是两个极端。而云葭总是能很快去拥抱那些完全不同的景致，就像她能非常快速地去结识那些和她有着不同生活背景的朋友，去咀嚼他们的故事，将之幻化成自己的写作灵感。

无论如何，我始终相信旅行能让人得到沉淀，让人更有时间和空间去贴近自己的心灵，去思考自己内心深处的欲望——想要成为什么样的人，想要过上什么样的生活。

我想，于云葭而言，这不外乎两个字——自由。她想要的是那些天马行空，是那些不一样的风景，是不被桎梏的灵魂。她希望自己可以自由自在地讲述不同的故事，抒发不同的情感。

我相信，这本书凝聚了云葭在旅途中的所有喜怒哀乐，是她投入情感最多的一部作品。她的轻声细语，她的风景如画，等待你来安静地聆听，安静地欣赏。

——红枣

你是我的日月星辰

　　和云葭第一次见面，是在一个烈日炎炎的午后。我穿着睡衣踩着人字拖匆匆忙忙地从电梯口跑出来，生怕她被太阳多伤了一分。走出小区大门，我一眼便看到那个高挑的身影，她撑着太阳伞戴着草帽，背对着我站在阳光下，帽子是大沿的，风一吹来，帽子上的飘带和着她的长发一起随风起舞。

　　我身边的空气是湿热的，但似乎她那里是凉爽的，她怡然自得地站在那里，不急不躁。那时我心中不知怎么的，突然就浮现出一个词：鹤立鸡群。

　　之后我们在一起度过了彼此人生中最艰难的一段日子，现在想起来那段过往，似乎因为有了她的陪伴，原本的心痛都不见了，取而代之的是大半夜我们穿着睡衣在杭州大小街道吃烧烤和小龙虾的美好记忆。

　　很快，她再次启程，从杭州到上海，转飞乌鲁木齐，在新疆漂泊了一个月。她回来后，风尘仆仆，但风霜一点也没有沾上她的面容。她依旧笑得很甜，还千里迢迢地背了一个哈密瓜回来给我吃。

　　我曾经是一个很不爱动的人，认识她之后，她带我去了很多地方，看了很多不同的风景，认识了许多人，听了很多的故事。

　　从此我一发不可收地爱上了旅行。

有人说真朋友就是无论多久不联系，只要一联系，立刻就能甜蜜如初，一起同仇敌忾，一起回忆往昔峥嵘岁月。我和云葭就是最好的证明，现在回想我们的相识还觉得唏嘘不已。

　　我认识她已经有七年了。我们是在一个新手小透明码字群里相识的，彼时她正在写一个冷门民国文，那也是她的处女作。

　　那会儿群里的写手很多，每个人都对文字充满热情，都认为只要坚持写下去就会有成绩，可是很多人写了几十万字依然是默默无闻的小透明。很快，群里的人越来越少，文字的美丽渐渐淹没在心血石沉大海的空虚里，而后被遗忘，我就是其中的一个。还没等到云葭的第一本书的结局，我就淡出了写文圈，杀入了某网游，从此节操成了路人。

　　之后的那四年，我们之间的联系很少，大约一年才说得上一次话。但只要我找她聊天，她都会很热情地回应我。那时我才知道她的第二本书已经顺利出版，她也成了我们曾经向往的大神。可她从没有因为自己的成功而摆高架子，曾经一起奋战的我们始终保留着当年的革命友谊，一直到现在。

　　云葭的文笔自是不必说，只需看到她那一个个的文章小标题就能想象，她必是蕙质兰心，文采斐然。她笔下的女主角几乎都是高高在上的千金小姐，却丝毫没有大小姐的做派。每看她一篇文，我就忍不住期望她也能像笔下的女主一样，在自己的感情道路上走得平静和幸福，恣意潇洒。

　　现实终究不是小说，哪里来的风平浪静和心想事成呢？但因为她是云葭，哪怕荆棘在心上开出了花，过不了几日她也能满血复活。不是因为不够深爱，只是因为她知道，有些人，有些事，努力过后还不能得到满意的答案，那也无须再为了不值得的人和事费心。

人生那么短暂，把不多的心思放在值得的人身上，那样才能不辜负自己，不辜负爱自己的人。

　　我很高兴，她没有像其他人一样，因为困难就放弃梦想，而是一直在拼搏的路上，从未停止脚步。

　　我很感激，能和她成为最好的朋友，一直在路上，一同见证属于我们的最美的风景。

　　我也很庆幸，在过去和未来的许多日子里，她是我的日月星辰，指引着我前行的方向。

　　我以她为荣。

　　　　　　　　　　　　　　　　　　　　　　　　——柏夏

序四

如珠如玉如你

亲爱的苍苍，接到你的邀请让我为你的新书写点东西时，我是真的有点小忧愁呀，当然不是不愿意，也并非觉得一千多字难写，而是，你知道的，摩羯情感内敛，让我写朋友或者看朋友写我，都有点羞涩。

想一想，我们认识很多年了，可称之为老友。

相识的缘由，是因为工作。我喜欢你的一本书，于是联系你拿出版权。那时候我与网站作者接触过不少，但你是唯一一个发展成为朋友的。我是不爱混圈子的人，而你呢，后来我戏谑过你——相交满天下，简直就是一朵交际花哦！

我交友随心，开场聊三两句便知道自己会不会跟对方继续深入下去。能常聊者算是朋友，能常一起约吃喝约看电影者，算是好朋友，而能一起相约旅行者，便是能走进我生活与心里的密友。

2013 年的秋天，我们一起走了一次长线，从哈密到塔什库尔干，整条南疆线路走到底，又转入北疆的喀纳斯。整整三十天的晨昏日暮，我们一直在一起。那是我人生里目前为止记忆最深刻也最深爱的一场旅行。就因这点因缘与那些记忆，你在我心里，是属于特别的朋友。

我其实有点怕与朋友一起旅行，更别提是一个月这么长时间的旅途了。你知道的呀，旅行真的是检验石，不管是朋友还是恋人，在旅途上因分歧而闹得不欢而散者比比皆是。庆幸的是，我们一路都相安无事，想一想，真的是因为我们都算是比较随意的人，彼此体谅，彼此谦让，彼此包容。哦，除了有一点，你因失恋心情不好就不吃饭，真是愁死我了呀！我饿得饥肠辘辘，但你郁郁寡欢，我怎么好意思大开胃口呢！所以，亲爱的，如果下次我们一起旅行，答应我，心情再怎么坏，也别饿自己好吗！爱情固然是我们生命中重要的存在，但也没有自己重要。

其实我们性格差别蛮大的，你在友情方面热情外露，还有一颗浓浓少女心——还是热爱像高中女生一样呢，手拉手去小卖部、去厕所，头碰头热聊，随时都可以拥抱在一起。而我呢，则是内敛得让人觉得冷淡。所以呀，有时候我的淡然并非是对彼此的感情淡了，而是性格使然。

虽然羞涩，还是想对你说呀，你身上有很多品质我挺喜欢的，性格随和但有自我原则，朋友多但对每一份友情都真挚，知足常乐。

还有啊，虽然你很多时候不着调，又懒洋洋的，但写作这件事，这么多年了，你一直在坚持，这挺珍贵的。说梦想太大，那就权且当这是你喜欢的事，人这一生，心里总要有一样东西让自己坚守，这样才不枉活一场。愿你一直坚守到底，心守一事，心生欢喜。

忽然想起当年我们在黄昏的玉龙喀什河边捡石头，同行的男孩儿非常不明白，看起来普普通通的石头，哪里值得我们那样专注地去寻找？在外人看来，那只是普通的小石头，可因为喜欢，所以觉得它如珠如玉。

朋友间也是一样，如珠如玉如你。

字短情长，许多话不必说，你我心知，便好。

——七微

目 录

1. 等你来看我的落花满地

这便是人生，鱼和熊掌不可兼得，可在让人惋惜的同时，她又会偷偷地从潘多拉的盒子里塞一个惊喜出来。失之东隅，收之桑榆。

今年年初，阿婷告诉我，她怀孕了。毕竟是女孩子，我对幼小的生命总是有着无限的渴望和憧憬，这大概就是所谓的母爱泛滥吧。阿婷怀孕的消息触碰到了我心中最柔软的一点，我的思绪也随之回到了刚认识她的那段时光。

三年前，在云南的香格里拉古城，我第一次见到阿婷。彼时在一场小型的朋友聚会上，不算大的圆桌，密密麻麻地坐满了人，几乎都是生面孔，我一眼就注意到了坐在角落的她。她长得很好看，虽然不是那种能让人惊艳的美女，却十分合我的眼缘。

聚餐结束后，我对朋友说："坐窗边那个穿粉色衣服的女孩子是谁啊？长得挺好看的。"

"哦，你是说阿婷啊，"朋友不经意地说道，"她是王涛的女朋友。"

在香格里拉古城稍微待得久一点的人，对王涛应该都有一些耳闻。他是西北人，几年前来到香格里拉，经营着古城最大的一家客栈——梅里花园。我在古城闲逛时，每每路过梅里花园，总忍不住羡慕他们家的大院子，还有那盛开在阳光下的随风摇曳的各色鲜花。

在我的认知里，能在古城中心地带拥有一间这么大的客栈，他们多半是出生在富裕的家庭，偶然来到香格里拉，被这里的蓝天白云吸引，便想在这僻静如世外桃源之地偷得浮生，寄托满腔情怀。

几天之后，王涛和阿婷来我住的客栈串门。阿婷抱着的两只出生没多久的阿拉斯加小狗一下子吸引了我的视线，我兴奋地跑上去逗它们。阿婷见我喜欢小狗，便邀请我随时去梅里花园玩。她说她养了三只狗和一只猫，平时没事就会在院子里晒晒太阳，逗逗小猫小狗。

这从她口中随意说出的一句话，却是我期许多年的理想生活，对于当时毕业没多久的我来说，这种生活美得不真实，纵使与陶潜笔下的"结庐在人境，而无车马喧"相比，也不遑多让。

之后的日子我因为急着赶一本即将出版的书稿，每天带着焦虑埋头在电脑前，甚少出门。再次见阿婷，已经是半个月后了。

香格里拉海拔在3000米以上，那儿的天空很低，夜晚的星星仿佛触手可及。在那个星空漫天的晚上，我和几个朋友在梅里花园的茶室聊天，隔着玻璃窗看星星。我想起阿婷和她那对可爱的小狗，然而目光所及之处，并未见阿婷踪影。当时王涛坐在电脑前专心致志地玩英雄联盟，我知道男生一旦玩游戏基本上就开启了"闲人勿扰"模式，所以也就没有开口问他。

约半个小时之后，王涛接了个电话，他顾不得正在进行的游戏，放下鼠标就出门了。回来的时候，他弯腰背着一身疲惫的阿婷，两个人的脸离得很近，对比之下阿婷的脸显得十分苍白。我问他发生什么事了，他说阿婷去附近的山里泡温泉，可能是在不通风的小木屋待太久，有些不舒服。

看着他对阿婷关怀备至的眼神，我更加认定他们就是人们口中的神仙眷侣。可能阿婷至今都不知道，曾经我是多么羡慕她。羡慕她在天堂般的地方有一个自己的院子，羡慕她有一个知冷知热的男友，羡慕她爱得不顾一切……

而我和阿婷关系的拉近，源于一次不太好意思开口的"偷花"事件。

那一个夏天，交完书稿之后的我日子过得非常轻松，闲来无事我会去梅里花园找阿婷喝茶。他们的院子实在太大了，以至于即便种了许多花草，看上去还是空荡荡的。我偶然对阿婷说了句，要是整个院子都开满各种颜色的格桑花，那该多好。

阿婷听了，狡黠地朝我笑笑："附近那家客栈门口的花坛里有好多好多格桑花呢，要不我们晚上偷偷去挖点儿？不破坏他们的花坛，就挖一点儿。"

于是我们一冲动，专门找了一个月黑风高的夜晚去别人门口挖格桑花，她把风，我动手，有种回到童年的感觉。整个过程我的心都悬在嗓子眼，一直担心着万一被主人看见多尴尬。

等到我手里已经抓了一大把，阿婷叫住我："可以了可以了，给人家留点，这些差不多够了。"

正好这时候远处有脚步声传来，我一紧张，起身拉着她扭头就跑。我们像初谙世事的小姑娘般，怀揣着一丝丝犯罪感和一点点小刺激，手拉着手一路小跑，直到进了梅里花园的大门，彼此乱窜的心才算归位。

王涛看着一身狼狈样儿的我们，取笑道："你们也真是有出息啊。"

我跟阿婷对视一眼，忍不住笑出声来。

女人之间建立友谊，有时候就是这样迅速，没有任何理由，只因为想和对方交朋友，我和阿婷便是如此。

那次经历对我而言，弥足珍贵，我这辈子恐怕都不会忘记，相信阿婷也一样。从那个晚上开始，我和阿婷逐渐形影不离，几乎每天一起去菜市场买菜，一起做饭，一起遛狗。也是从那个晚上开始，王涛把我俩戏称为"古城二傻"。他觉得，我和阿婷只要单独在一起就容易做一些让人瞠目结舌的事，最让他吃惊的大概就是，我们两个女孩子居然敢跟着陌生人到山里的小村子去买狗，所幸那次我们遇到的是好人，没有出事。

事后王涛没少教育我们，他说他设想过这件事的很多种可能，万一对方是骗子，后果将不堪设想。他说我们太容易相信别人，这是优点，也是缺点。他说，这个世界上有好人，也有坏人，我们可以怀着热忱和感恩去看待这个世界，也必须用最基本的常识来保护自己。

　　友情一旦升温，聊感情就是女孩子之间的日常。我和阿婷闲聊的时候，免不了会提起彼此的过往。阿婷给我讲了她和王涛的故事，我才知道，他们并不是我想象中无忧无虑的富二代，他们有旁人不明白的辛酸，也有只属于他们的甜蜜。

　　阿婷是广东人，在深圳工作，在认识王涛之前她有过一段长达三年的感情史。关于那段感情，阿婷向我提得不多，大抵是已经淡忘了，抑或是对她来说那已经失去了强调的必要。我只知道分手的时候她很痛苦，有时候一个人独处，甚至有想哭的冲动。为了能尽快走出阴霾，她找了一份在影楼做后期的工作，收入不错，每天的忙碌也一定程度上减轻了失恋带给她的伤痛。

　　阿婷说她感激那份工作，因为王涛就是在那个时候走进了她的生活。

　　早在阿婷跟我提之前，我就听朋友说过，王涛以前在深圳做过摄影师。他和阿婷一个负责拍照，一个负责后期，从工作性质上来看倒是挺般配。

　　大多数影楼主打的都是婚纱摄影，在深圳那样的环境下，各影楼之间的竞争也是暗潮汹涌。为了知己知彼，王涛和阿婷经常假扮即将新婚的夫妻，以客户的身份出入其他影楼，了解相关信息。久而久之，他们都有点假戏真做，彼此产生了异样的情愫。

　　阿婷一直将这段经历视为他们最甜蜜的前奏，多次向我提起，即使是在她怀孕后的当下也不例外。就在几天前的晚上，我们坐在一张桌子上喝茶聊天，我当着他们的面笑问："你们俩，到底是谁先主动追求对方的？”

他们相视一眼，笑得颇有深意。阿婷说：“反正就是一个挺俗的故事，有一次他拿错杯子，用我的杯子喝水，我就脸红了。”

之后的情节就更俗了，王涛借口找不到手机，向阿婷借手机打一下电话，轻易就拿到了阿婷的号码。

他们的故事委实算不得浪漫，放在泱泱尘世中轻易就会被各种荷尔蒙高涨的爱情悲歌所淹没，可偏偏就是这样一份质朴的感情，在经历了种种坎坷之后，最终如细水长流，汇入沧海。相比那些可歌可泣却无疾而终的爱情，我更倾向于这种平淡的幸福。

因为真实，所以动人。

我有个写情感专栏的朋友曾对我说过，她觉得再平淡的爱情，只要是爱情就一定会有争吵。因为爱他，所以想跟他在一起；因为想在一起，所以必须要磨合；因为需要磨合，所以会有冲突……阿婷和王涛也免不了落入这个俗套。

我曾见证他们大大小小各种争吵，印象最深刻的一次，王涛砸碎了房间的洗手台，阿婷哭着跑来跟我说，她觉得她快撑不下去了，每次都这样吵，太伤感情。她一边擦眼泪一边拉我陪她去喝酒，我拗不过她，劝了几次还是和她一起去了朋友的酒吧。

那间酒吧是我们共同的朋友开的，他见我和阿婷冒冒失失地闯进去，一头雾水，问我：“你们这唱的又是哪一出啊？”

我无奈：“看不出来吗？跟男朋友吵架了。”

阿婷没理会我们的对话，吵着要喝酒。朋友怕她喝醉，特意给她调了杯酒精度低的，可就凭那约等于没有的酒量，阿婷还是醉了。她一边哭一边问我：“我为什么要跟他跑到这破地方来，他总是这样，他就不能站在我的立场想一想吗……”

　　我不知道该怎么接话，只能反复安慰。阿婷心里的苦我太能理解了，她从小在广东长大，认识王涛之后她不顾父母反对，离开了她熟悉的环境，脱离了她的朋友圈，她其实很孤单。在香格里拉这个地方，她的社交网络是从零开始建立的，王涛几乎就是她的整个世界。可是有一天，这个世界发生了一场突如其来的暴风雨，她根本不知道该怎么面对。

　　看到那么无助的阿婷，我当下便对王涛充满怨言。既然带她来到了另一个世界，为什么不能给她足够的安全感？

　　就在我逐渐怀疑这份感情能不能持续下去的时候，我透过玻璃看见了坐在对面酒吧的王涛。他正和他的几个朋友坐在一起，相谈甚欢。

　　我一生气就跑了过去，问王涛："婷姐很难受，她喝醉了，你怎么不去看看她，还在这里喝酒！"

　　王涛抬起头，语气轻描淡写："她既然想喝酒，那就让她喝个够啊。"

　　他的朋友从我们的对话中猜到了是怎么回事，也跟着劝，让他去看看阿婷。我们一人一句说了很久，他还是无动于衷。

　　事情过去太久，我已经忘了中间过程的曲折，只记得最后王涛还是把阿婷拉了出来，他很凶地对她说："你下次再来喝酒，我绝不管你！"

　　阿婷酒还没醒，哭着跟他闹："你凶我？你居然凶我！"

　　"回去说行吗？"

　　"我不回，除非你背我。"

　　然后，我看见了这样一幕：王涛蹲下身，像当初阿婷泡温泉生病那次一样，背起她，一脸无奈地回家了。

后来我才知道，阿婷一跑出来王涛就开始到处找她，得知她跟我一起出来喝酒，他碍于面子不好意思直接来找，怕吵起来让大家笑话，所以他选择了在对面酒吧默默守着，给她一个发泄的机会。

"像这样的大吵还有一次，那是我刚跟他来香格里拉的时候。"即将成为妈妈的阿婷跟我提起往事，眼里透出的全是幸福，"那次我更生气呢，直接从香格里拉飞回广东了，谁知这家伙居然开了两天两夜的车去广东找我。那天我正在参加同学会，他胡子拉碴地出现在 KTV 包间的门口，把我吓坏了。"

一边说着，她一边回头看了王涛一眼。

王涛补充："是啊，那天晚上我也吓坏了，你打扮得好土气。"

"哪里土了？那是我最时尚的一年好吗！"

"土死了，你的发型！"

"……"

那一刻我由衷地为他们感到高兴，他们不再是当初动不动吵架的小情侣，多年的磨合让他们学会了将心比心，学会了站在对方的立场思考问题。即使不能完全赞同彼此的观点，也可以用一颗包容的心去对待，就像我曾在某本书里面看到的一句话：我爱他，我爱的是他这个人，而不仅仅是他的优点，我做好了可以接受他的一切的准备，才决定爱他。

分开两年后再见，相比阿婷，王涛的变化更让我吃惊。我印象中的王涛是个倔脾气，只要他认定的事，绝不轻易妥协。然而这次见面，他却开玩笑似的对我说："自从认识你婷姐，我就没有人权了。"

我调侃："大哥，你这是在变相秀恩爱啊。"

可不是吗，这绝对是在秀恩爱呀，曾经的王涛哪里会说这种话！

我是他们共同的好友，因而我比一般人更清楚他们为什么会从"三天一小吵七天一大吵"发展到现在的"相濡以沫不离不弃"。一切的一切，源于一年多以前的某个夜晚，香格里拉古城的那场大火。

对于许多生活在香格里拉的人来说，那个夜晚不啻一场噩梦。依稀记得当时我在杭州的家中睡得正香，凌晨三点左右，一个在香格里拉的朋友给我发了条微信，说古城着火了，快烧没了，文字后面还附了几张火灾现场的照片。

我揉揉惺忪的睡眼，把手机扔在一旁，继续沉沉地睡了过去。而我之所以那么不以为然，是因为我以为自己在做梦。那么大一座古城，怎么可能说烧就烧了！直到早上六点，我接到朋友的电话，说古城已经烧了一大半，我曾经住过的客栈也未幸免于难，梅里花园也化为了灰烬。我这才如梦初醒：原来是真的，古城真的没了。

我第一时间给阿婷打了电话，接电话的是王涛。他的声音听上去很平静："我们还在广东，已经知道了。都还好啦，一切等我们回去再说。"

虽然王涛没有表露出来，但是我可以想象，他那波澜不惊的话语中暗含的必定是一个又一个的滔天巨浪。他几乎把所有金钱和精力都倾注在了梅里花园，那不仅仅是一家客栈，更是他们的家；他们殚精竭虑地去经营，好不容易日子慢慢好起来了，结果一把火将之燃烧殆尽……纵使是局外人的我，每次跟朋友提起他们，也总忍不住会感慨唏嘘。

一个认识阿婷和王涛的朋友问我："你说，假如大火的时候他们还没有领证结婚，阿婷会不会离开王涛？"

我想都没想，说："不会。"

"那可不一定，毕竟王涛一无所有了。"

我依然坚持我的观点："如果是其他人，我就不知道了，但是阿婷肯定不会。"

同时我也想起来，火灾之前阿婷跟我说过，他们要回广东领结婚证。由于赶时间，他们几乎什么都没带，除了被开走的车和行李箱里的几件衣服，现在他们一无所有了，更别说买婚戒了和办婚礼了。

可即便如此，阿婷还是觉得嫁给王涛是她一生中最正确的决定。大火之后，他们的世界简单得只有彼此，能在那样残酷的考验之后依然不离不弃，其他的事又算得了什么呢？

"能跟他在一起我很开心，生活本来就不完美，与其嫁一个能带给你充足的物质却不贴心的人，我宁愿下辈子遇见的还是一无所有的王涛。"

这便是人生，鱼和熊掌不可兼得，可在让人惋惜的同时，她又会偷偷地从潘多拉的盒子里塞一个惊喜出来。失之东隅，收之桑榆。

不久前，我在电视上看到了纪录片《永远的香格里拉》，其中一个场景就是阿婷和王涛站在梅里花园的废墟上回忆往昔。王涛在镜头前说，古城没了，但是香格里拉还在，他们不会离开这片土地，他们会在这里建起新的家园，而他们的新客栈还是会保留"梅里花园"这个名字。

阿婷跟我约定，等他们的新客栈建好了，她会用当初带我偷花的那一腔热情和期盼，种下满院子的格桑花。

她拉着我的手，饱含期待："到时候一定要来香格里拉看我们，看院子里开满鲜花。"

可是我觉得，花开只能代表开始，我期待的是花谢之后种子随风入土, 在来年春天长出新的嫩芽——那才是收获, 是 "野火烧不尽, 春风吹又生" 般的希望, 也昭示着他们的浴火重生。所以我默默在心里和她约定：等到群芳凋谢时, 我一定回到香格里拉, 来看你的落花满地。

2. 似星辰，也似霞光

我们终会在尘埃落定之后遇见一个肯为你妥协的人，在黑夜里，他似星辰；在黎明时，他似霞光。

过客和卓越是我在香格里拉认识的另一对充满故事的夫妻。

过客姓陈，他这个网名太好记了，以至于我们这群朋友都选择性忽略了他的本名。他和卓越在香格里拉古城开了好几年客栈，在他们的"517驿站"住过的客人多多少少知道一些他们的故事：两人一见钟情；不顾父母反对非要在一起；从海南骑摩托车私奔到香格里拉；奉子成婚终成眷属……

我认识他们的时候，他们还没有结婚。朋友用惊叹的语气告诉我："这俩人简直是个传奇，卓越家不同意他们在一起，过客就骑摩托车带着卓越和一条金毛犬，骑了十几天，横跨大半个中国，从海南一路骑到了香格里拉。"

在去香格里拉之前，我所处的环境简单得如无风的湖面，平静异常，偶尔有人打个架都能成为新闻，所以听说了他们骑摩托车私奔到香格里拉的故事，我仿佛在我那狭隘的小世界发现了一块新大陆。

我好奇地拉着卓越问这问那："你们骑那么久的摩托车，路上风很大吧，你们不冷吗？为什么不坐飞机啊？对了，你们骑摩托车怎么带狗狗啊，它不闹吗？我可以看看你们的摩托车吗？还有你的狗狗……"

卓越很耐心地一一回答我。她说过客原先在海南开自行车俱乐部，那辆摩托车跟了他很久，就像是他的老朋友，所以他们离开海南的时候选择了骑摩托车这一激进热血的方式。

说着，她指了指门口说："就是外面军绿色的那辆。"

我顺着她所指的方向看去，倍感意外：那是一辆复古味十分浓厚的摩托车，在我的印象中，它适合出现在 20 世纪的怀旧电影里。恰如其分，卓越和过客的爱情故事就像是一场游走在现实和童话之间的电影，这辆摩托车则是意义非凡的道具。

第一次遇见过客，卓越大学还未毕业。我一直都觉得卓越是个很有主见的女孩儿，比如她敢在那个青涩的年纪独自一个人从上海千里迢迢跑到海口，开始一段未知的旅行。

卓越到达海口青旅的那天晚上，过客正好去串门，他是青旅老板的朋友。当时，青旅大厅正在播放一部颇具年代感的老电影，光线昏暗，气氛沉静，沉静地只能听到电影荧幕上男女主人公的深情对白。卓越悠悠地穿过大厅，在那最合时宜的氛围中走进了过客的视线，过客便记住了这个女孩儿。

第一次注意过客，卓越说也是因为他的摩托车。那是在她到达海口的第二天，青旅老板组织了一次出游，参加出游的几乎都是老板在当地的朋友，只有卓越一人是游客。老板对她这个外地来的小姑娘很照顾，邀请她坐自己的车。

"当时过客在我们前面骑着摩托车，距离不远不近，我看着他的背影，觉得很拉风。"回忆起最初的邂逅，已经是妻子和母亲的卓越却有小姑娘般的羞涩。

我知道，当年的画面正一页页地在她脑海中重现。

"到达目的地的时候，他坐在港口的台阶上休息，我也不知道是出于什么心理，偷偷地对着他的背影拍了一张照。"

第一次正式和过客交流，是在旅程第三天的晚上。卓越带着渴望，跟青旅的朋友们去了海边露营。

那天的海口很懂浪漫，给了一整天的好天气，到了晚上，天空中还出现了流星雨。卓越说她和一群来自天南地北的朋友们坐在海边的礁石上看星星，聊天，喝着过客亲手煮的咖啡，觉得很幸福。过客给她讲了很多他的生活经历，好的，不好的，刺激的，平淡的……

身为一个整天埋头书本的学生，卓越从前的生活单一且有规律，如一张写满方程式的牛皮纸，题目得出的答案是多少，不用你去探求，结果是既定的，就算是校园里雨后清新的空气，在考前紧张的气氛下似乎也带着英语单词和高数符号的影子。

"然后你就被他的经历吸引了？"我问。

她的回答似是而非："也不算是被他的经历吸引吧，我羡慕的是他的生活状态，那种自由自在的、充满未知的生活。"

聊到这些，我的大脑也像播放机一般，闪现了三年前跟朋友去山里露营的场景。恰好，卓越和过客也参与了那次旅行。

《舌尖上的中国》火了之后，我知道了世界上有一种菌类叫松茸，而国际市场公认的最优秀的松茸产地就是香格里拉。当时我们一起玩的朋友中有一个藏族小伙子，他老家就在盛产松茸的吉迪村。也不知是谁突发奇想，提出要去吉迪村的后山露营，采松茸。如果我没记错的话，活动的组织者应该就是过客。

我就像是一个因害怕黑夜而翘首渴慕黎明到来的孩子，带着无与伦比的期盼去准备这次露营。我和遇到过客之前的卓越一样，曾经拥有的是古井无波的生活，我憧憬这样的未知与新鲜，哪怕一次也是好的。

我做了自以为最充足的准备，帐篷、睡袋、防潮垫、防寒服……出发那天的早晨，我跟着卓越在菜市场进行了一次大采购，我们准备在山里举行一个烧烤晚会。相比在菜市场有点无所适从的我，卓越的思路非常清晰，有条不紊。在她的指导下，我们总算买齐烧烤必备的所有食材和工具，坐车出发。

到达目的地后，大家开始搭建各自的帐篷，我才意识到我的户外生活经验太空白，我甚至连帐篷的门在哪里都找不到。而不远处，过客已经轻车熟路地支好了帐篷，他很贴心地用防雨布支了一个棚，他说卓越没怎么到山里来露营过，晚上可能会下雨，抑或是露水过重，容易着凉感冒。

我想起了卓越对他的评价，她说过客是一个不懂花言巧语的男人，你休想从他嘴里听到什么浪漫的话，但他会用行动去守护他在乎的人。

曾有很多人说卓越和过客不适合，可能因为距离，也可能因为生活环境，卓越的父母也是因为这些才反对他们在一起，为此他们不惜瞒着家人来到了香格里拉。卓越说，当初在微博上看见香格里拉古城客栈的转让信息时，她便蠢蠢欲动，忍不住在心里构建了她和过客的美好未来。也正是这一份美好支撑着她，她才能不顾旁人言论，坚定地和过客一起创造了他们的新生活。

正如世间没有两片相同的叶子，人与人终究是不同的，没有谁生来就适合谁，只有愿不愿意去适合。而在这个磨合的过程中，必然需要一方做出让步，或者双方互相让步。若是真心相爱，妥协一次又何妨？

所以我最听不得的分手理由就是，"我们不适合"和"我们不是一个世界的人"，这不过是委婉版的"我不爱你"。足够爱你的人，即便他在天堂，你在地狱，他也会想方设法把你带进他的世界，或者更惨烈一点，他甚至愿意陪你下地狱。

我有一个很直爽的朋友，她和她喜欢的男生有着迥然不同的生活环境，也就是旁人口中的"不是一个世界的人"，但是她实在太喜欢那个男生了，我不知道她哪来的勇气和厚脸皮，她居然跑去问他："我们有未来吗？"男生摇头。

她说："没关系，那就一起创造一个未来吧。"

后来，他们真的在一起了。

我是一个从来不会主动的人，有时候，我打心眼里羡慕她这种"厚脸皮"。就像她所说的，喜欢一个人不丢人，喜欢却不敢面对才丢人。

虽说大多数情况下，恋爱中主动的一方是男人，但过客在我们这群朋友眼中是一个少说多做的人，我从来没想过他会是爱情中主动的那一方。当卓越告诉我，她离开海口时过客主动提出送她，我非常意外，看不出他话不多，还挺会把握机会。

在卓越对我的描述中，在那个本该充满伤感的别离日，过客骑着他拉风的摩托车，载着她一路驶向机场，也驶向了他们爱情的大门。

分别不一定是分离，分别有时候正是为了更好地相遇。注定要在一起的人，分开多久都会重逢。

我和卓越认识三年，却很少聊情感方面的问题，因为我觉得她是一个干练并且精力十分充沛的人，她理性，我感性，我们对爱情的观点未必一致。就像当年她曾极力阻止我的一段感情，我却充耳不闻，抱着撞南墙的心去尝试，直到头破血流。事实证明她是对的，那时的我所欠缺的正是一份理智。

我想，卓越敢放弃原有的生活跟过客走，凭的不仅仅被爱情冲昏头的勇气。她很像简·奥斯汀的小说《理智与情感》中，埃莉诺和玛丽安两姐妹的合体，她身上既有玛丽安的聪明热情，对爱情的浪漫与幻想，又有埃莉诺的冷静理智，面对真正爱的人依然斟酌再三，克制冲动。

现在的卓越比我当初刚认识她的时候，显得更加成熟和理智。多年的努力使他们拥有了两家客栈和一家餐厅，并且生意非常好，店里每天的事情足够她焦头烂额，可她总是能打理得井井有条。

这次回香格里拉，卓越请我和我的朋友去她家餐厅吃饭，我问她："过客呢？"

"在家干活。"

"他还真是你的长工，怎么每次问你，你都说他在干活啊！"

卓越笑了笑，一脸幸福。

后来我又问她："你们在一起这么多年，好像永远都是他在妥协，你这样的性格，应该不会低头吧？"

卓越说："有过，我对他唯一一次妥协就是畅畅。"

畅畅是他们的儿子，才一岁半，非常可爱。而我从没想过，这个可爱的孩子差点错失了来到这个世界的机会。

卓越说她怀孕完全是意外，得知这一消息的时候她完全蒙了。她的家人对她和过客的婚事还没松口，她也没有做好当妈妈的准备，因而她的第一反应是不想要这个孩子。

和卓越的反应截然不同，过客对她怀孕的消息表现出了极大的兴奋，他的眼神和行动都在告诉卓越，他想留下孩子，可他最后还是选择尊重卓越的决定。

"当时他对我说'如果你实在没做好准备，没关系，我陪你去医院吧，孩子以后还会有的'，我就心软了，他就是这样的人，不管他情不情愿，他总是会先考虑我的感受，所以我决定也为他考虑一次。"

然后懵懵懂懂的，卓越从女孩儿变成了母亲。她的感受我尚不能完全体会，但看到她为畅畅写的那一篇周岁日志时，我热泪盈眶。

她在日志里写道：

"2013 年 1 月 11 日这天，香格里拉传来大火的消息，我和爸爸两年来的心血付之一炬，我却没有太多悲伤的情绪，因为你带来的幸福太浓烈，我聚集不起任何负能量，是你带我们挺过了这场不幸。"

"初春的香格里拉还像寒冬，火灾后不明朗的行情让大家还在观望，而我和爸爸没时间去等待，因为襁褓中的你需要我们更加努力，这样才能给你有品质的生活。用你带给我们的运气和动力，我们开了新店，可是工作越来越忙，我们常常要到深夜才能哄你睡觉。每次走进庭院听到房间传来的哭声，我心里都会狠狠懊恼自己，而你眼里还含着泪水就笑着扑向我。那一刻无论身体多疲惫，我心里都是幸福的。"

读完她的日志，我有一种非常复杂的感受，有感动，有欣慰，也有祝福。

卓越不是那种人缘好到大家都会给她正面评价的女孩儿，她有时候很较真，有时候很激进，有时候甚至有点不近人情，就算是我，也免不了偶尔对她有些微词。但无论别人怎么看待她，她在我心中始终有着不一样的意义，不为别的，只为我在香格里拉生活的那段时光里，她教会了我很多，包括处理事情，包括处理感情。

她说："你傻的时候，我们拦都拦不住。"

她说："你看，我们的话你从来听不进去。"

她说："吵不散的才是爱情，爱情从来都不完美，爱情到了最后需要包容，女孩子再任性也要学会适度让步。"

这次交谈，我和卓越的观点很难得地达到空前的一致。

最后，她又感叹："不管是单恋还是虐恋，每个人都会奋不顾身一次，不计后果。然而在这一次之后，才能理智地去爱，才会遇见真正的幸福。我和过客都是傻过之后才遇到彼此，他的初恋不是我，我没有让他心痛过。"

我说："我的初恋是谁你知道，我心痛了吧？痛了。可这并不是真爱对吧。所以我羡慕你，爱情并不一定是轰轰烈烈的，你和过客这样就很好，真的很好。"

我们相视而笑。

年轻时，我们都会有一次不撞南墙不回头的经历，又总是在头破血流之后才彻底清醒。就算血泪模糊，留了疤痕，至少在最后的最后，我们明白了什么才是自己想要的。

一如卓越和过客，是不是让彼此心痛的人根本不重要，也不值得去计较。我们终会在尘埃落定之后遇见一个肯为你妥协的人，在黑夜里，他似星辰；在黎明时，他似霞光。

这就是爱情。这更是成长。

3. 他是耶路撒冷的一阵风

友情不一定是志同道合，不一定是相互理解，不一定是无话不谈，友情可以很简单，一言以蔽之：我想和你做朋友。

几天前我收到一条加 QQ 好友的申请，附加信息写道：Hi Yunjia, I'm Ori, from Israel（Xinjiang trip,2013）。

我不禁莞尔，原来是他。

Ori 是我在新疆结识的外国友人，由于这个名字念起来太拗口，而他又来自以色列，和我一同出游的小伙伴微微给他取了个外号——阿以。"阿以"听起来像"阿姨"，小伙伴们每次这样喊他我都觉得好好玩，因此对他印象特别深刻。

2013 年 9 月初，我在库尔勒的青旅第一次见到阿以。阿以个子很高，目测有一米九以上，当时他缩在沙发上专心致志地上网，身子弓成虾米的形状，非常滑稽。

我推了推微微，示意她看："那个外国人玩电脑的姿势好奇怪。"

我瞥了一眼阿以的电脑屏幕，他正在查周边游玩的攻略。与此同时，我和我的小伙伴们站在贴了地图的墙边，跟青旅老板老李商量出游行程。大家商量后，一致决定去塔克拉玛干沙漠看日落。然而这并非游客走的常规线路，要去的话必须自己包车。

想来也是，一般的游客不会心血来潮想去沙漠，只有我和微微有着特别执着的情怀，谁让王维笔下那一句"大漠孤烟直，长河落日圆"太美了呢！

老李有一辆八座的商务车，他觉得我们人少，包他的车不划算，出于好心他给我提了个建议："要不你们去问问那个老外，看他想不想去，能省一点是一点嘛。"

那个时候我们谁都不知道阿以来自哪个国家，也不知道他能不能听懂英语，我抱着试探的心理上前打招呼，问他有没有兴趣加入我们。阿以一听，用不算很流利的英语回答："太好了，我正好不知道该去哪里玩，而且我喜欢摄影。"

阿以对摄影的热爱比我们想象中的更甚。我们经过瓜地，他要拍照；我们经过棉花田，他要拍照，还让我站在棉花田里做采摘的姿势给他当模特；我们经过胡杨林，他给我和微微拍了好多照片；我们经过塔里木河，沿着河看风景，他站在高处拍风景；我们经过沙漠周边的芦苇丛，大家兴奋地逮野兔，他依然扛着单反拍拍拍……

不知是不是季节的关系，那一天的塔克拉玛干沙漠气温非常舒适，我们在老李的带领下玩得异常疯狂，踩沙子，捧沙子，甚至禁不住老李的劝说，体验从沙丘往下翻滚的刺激。而在这一系列过程中，阿以除了给我们拍照，什么都没干。

我问他："要不要帮你拍一张照片？"

他摇头："谢谢你，但是我喜欢拍风景，拍你们，不喜欢拍自己。"

"你应该去过很多地方吧？"

"是的，很多。我很喜欢中国，也很喜欢新疆，新疆太美了。"

"你去了那么多地方，都没有给自己留过纪念照？"

他摇头："没有。"

我和微微一脸不解：真是个奇怪的人。

我想起了以前听朋友说过，中国人习惯用相机记录旅途风光，而外国人更倾向于用眼睛，除了摄影爱好者，很多外国人出门旅行甚至不怎么用相机。

为了守候美景，我们在沙漠一直等到黄昏。阿以比我们更加期待，他太想拍一张沙漠落日照了。可惜天公不作美，那天阳光很弱，我们最终没有看到震撼心灵的"长河落日圆"的画面。

遗憾肯定是有的吧，但我们整个下午都玩得很开心，还认识了阿以这样一个奇怪却好玩的朋友，这未尝不是一种收获。

阿以是个素食者，他随身携带了一张写着中文字的卡片：我是素食者，鸡鸭鱼肉都不吃，海鲜也不吃，谢谢。在和他相处的那些日子，每次进餐馆他都会第一时间掏出卡片给服务员看。于是便有了这样的场景：我和小伙伴们点一桌子肉大快朵颐，他坐在旁边默默地吃面条或新疆烤馕。

微微说："哎，孤独的素食者！这里可是新疆，是烤肉、烤羊排、手抓肉的天下，来这里不能吃肉实在太遗憾了！"

所以新疆之旅结束后，微微在她的杂志专栏写了一篇关于阿以的文章——《孤独的素食者》。

阿以对我说，他是个很虔诚的教徒，他从来不吃肉。后来我们才知道，阿以是犹太人。他很自豪地告诉我们，全世界他能免签的地方很多，因为他的爷爷是德国人，他拥有德国和以色列两个国家的护照。

我对阿以的宗教信仰了解得很少，但我知道于他而言信仰是神圣的，我生怕触碰他的禁忌，于是向他提议："要不下次吃饭我们分桌吧，我们在你面前吃肉是不是不太好？"

阿以连连摇头："没关系，不影响，我喜欢跟你们一起吃。"

于是我也忍不住跟着微微一起感叹，哎，孤独的素食者。

认识阿以的第二天，我们和青旅遇见的其他小伙伴相约去博斯腾湖。由于天气很热，我们清一色简装出行，基本都只带了手机和钱包。等到阿以出现在我们面前，所有人都惊呆了。他背了好大一个登山包，胸前也挂着一个大包——这是他所有的行李。

我问他为什么把行李都带身上，他说，他觉得带身上最安全。

小伙伴们集体哑然。

去湖边看风景带着全身家当也就罢了，反正一路坐车，背着也不怎么累。可是后来我们到了中国最西边的县城——塔什库尔干，大家相约去爬山，阿以依旧是前后挂着两个包。细心的微微发现，他的背包上还挂了一把小锁。

微微惊叹："这么脏的一个包，居然还上锁，这不是摆明了告诉人家'我包里有值钱的东西，快来偷我'吗！典型的此地无银三百两啊！"

小伙伴们集体狂笑。

阿以见我们笑，也跟着笑，笑完之后问我："大家在笑什么？是跟我有关吗？"

我简单地用英语把"此地无银三百两"的故事说给他听，他听完又笑了，他说，他觉得我们说得很有道理。然后第二天，他还是一前一后背着两个包出门了……

小伙伴们集体膜拜。

在我们的观念中，酒店是非常安全的，要不是运气实在背到家，一般不会被偷。我每次出门旅行，退了房不方便带行李，也经常在前台寄存，至今未丢过任何东西。

起初我以为，阿以可能是个谨慎的人，不轻易信任他人。这完全可以理解，毕竟他只身来到这遥远的国度，有所保留也在情理之中。可是几天后我们在网上买火车票，阿以让我帮他代买，我说需要证件，他随手就把他的两本护照都丢给了我。买完之后我告诉他票价，他也没有核实就爽快地从钱包里掏了钱。不仅如此，一路上我们经常一起吃一起玩，费用 AA，他从不过问，我说人均多少他就给多少。

回忆起和阿以相处的点点滴滴，我还是很感动的。我们和他相识的时间很短，可他对我们从来没有任何戒备心，那是一种被完全信任和依赖的感觉，尤其他还是一个连把行李放在旅店都不放心的人。

他来新疆没有做详细的攻略，我们想怎么玩他就跟着我们玩，有些还是他不感兴趣的地方，可他从来都没有异议，要知道就连我们这些自己人也曾为行程发生过"内讧"。

离开库尔勒之前，我们为下一站去哪里讨论了好几次。我和微微想去和田，余毒觉得和田不安全，提议直接去喀什。他说："我就想不明白，你们去和田干吗？"

我和微微异口同声："去玉龙喀什河捡石头啊。"

余毒不忘泼冷水："去了你们也捡不到玉石。"

"我们本来就没有想捡玉石，就是想去看看，捡几块石头留作纪念。采风懂吗？"

"对啊对啊。再说了，万一捡到玉石呢！你还不允许我们有个美好的愿望啊！"

最终，余毒拗不过我们，同意走一趟和田。

可是问题很快又来了，从库尔勒到和田，坐火车也就买卧铺票睡一觉的事，很方便，我和微微却作死地非要坐汽车，只因为我们在网上看到一个旅行帖，说坐汽车走的是500公里的沙漠公路，全程穿越塔克拉玛干沙漠，一路上风景非常美。

余毒扶额叹息，因为走沙漠公路的话，我们得先坐汽车到一个叫且末的县城，休息一晚上之后再换车到和田，且不说过程折腾又耽误时间，光是每天坐10个小时的汽车就足够让人头疼。然而我和微微坚决拥护内心的一腔小情怀，铁了心要走沙漠公路，余毒不得不再次妥协。

在我们讨论的整个过程中，阿以都只是一个旁听者，虽然他听不懂我们在说什么。直到我们决定去客运站买去且末的车票，他才问了一句坐车要多久，问完又说都听我们安排。

余毒调侃："他这么放心地跟着我们，语言又不通，不怕我们把他卖了？"

是的，去新疆的游客相对其他地方本来就少，懂英语的游客更加少，阿以却丝毫不担心，反而很热心。

从且末到和田只有卧铺汽车，这种车空间小，座位设计不合理，躺着非常难受。我自小被娇养惯了，从未坐过这么奇葩的汽车，而且狭小的车厢内充斥着难闻的气味，我几度难受得想呕吐。阿以见我难受，隔一会儿问候我一次，还把他仅有的一瓶矿泉水给了我。

这些小温暖不算什么，阿以的热心尤其体现在，即便他不知道我们在做什么，为什么要这样做，也依旧会热情地帮着我们做。

比如我们到了和田后，急不可耐地跑去玉龙喀什河捡石头，阿以想不通我们捡石头用来做什么，我也很难给他解释清楚，就说，如果他没有兴趣，可以在宾馆休息，吃完饭的时候再跟我们会合。可他想了想，还是跟去了。

玉龙喀什河有一片石头组成的河滩，我和微微聚精会神地从中寻找好看的石头，捡到一块喜欢的就兴奋一阵，基本没空搭理阿以。阿以自始至终默默地跟在我们身后，时不时帮我们捡几块石头。我们嫌他捡到的太难看，委婉拒绝，他也没放在心上，过了一会儿又拿出单反帮我们拍照。

新疆出土文物多，博物馆遍布各个大小城市，而干燥的气候条件使得很多被发掘的墓穴中除了文物之外，还存有完整的干尸。我们在且末休整时，听说当地的博物馆有干尸，非常兴奋地想去看。

阿以听说我和微微两个女孩子居然对干尸感兴趣，惊得半天合不拢嘴。

他问我："为什么你们想看那么恐怖的东西？"

我简单地跟他解释："因为我们喜欢历史啊，我觉得那些出土的干尸被赋予了很多意义，他们生前都是有故事的，比如罗布泊出土的那具大名鼎鼎的美女干尸——小河公主。"

阿以依然不理解，可他到底是跟着去了。

我和微微围着博物馆中陈列干尸的两具透明棺材研究了很久，一边看一边惊叹干尸保存得好完整，身上穿的衣服好美。阿以却连看都不敢看，躲得远远的。我才知道，他害怕这些东西。

两天后我们到了和田，阿以兴奋地拿着他的手机给我看，原来他在网上搜索和田的资料，发现和田博物馆也有干尸，他问我们要不要去看。我很奇怪，他明明不喜欢逛博物馆，更不喜欢干尸，为什么看到这些比我们还激动？

我试图说服自己，也许他在且末博物馆逛了一圈，渐渐感兴趣了吧。结果呢，他在和田博物馆的表现和之前如出一辙，老远看见陈列干尸的棺材就走开，一副"这玩意儿有什么好看"的表情。

我对微微说："真是个奇怪的人！"

阿以不懂我们的情怀，但他有自己的情怀，那便是他最爱的摄影。

从喀什到塔什库尔干的途中有许多美景，被称为"雪山之父"的慕士塔格雪山就坐落于此。慕士塔格山脚下，喀拉库勒湖美得让人窒息，云雾缭绕，宛如仙界入口。

喀什青旅的服务员告诉我们，喀拉库勒湖的星空比他见过的任何地方都美，那是帕米尔高原最璀璨的夜景。阿以听了，打定主意要去喀拉库勒湖拍星空。由于我们的计划中没有喀拉库勒湖，他就先我们一天离开了喀什。

分开两天后，我们在塔什库尔干的青旅又见到了阿以。

直到现在我还记得当时的场景，阿以穿着厚厚的衣服，坐在房间门口的地上，他低着头，一张张地欣赏相机里的照片。他的眼神十分专注，像是在品鉴艺术品。

我脱口而出："你也在这里啊？"

阿以抬头看见我们，先是吃了一惊，随即露出好大的笑脸。他很友善地跟我们打招呼，边说话边咳嗽。我问他是不是感冒了，他点头，把感冒缘由告诉了我。我惊讶不已。

喀拉库勒湖昼夜温差大，晚上冷得不行，这家伙为了拍到完美的星空，居然在湖边守了一个通宵，到后半夜还发烧了，吐了好几次。

我问他这样做值不值得，他笑着说当然值得，然后给我们展示他一晚上的成果。我不得不承认，那是我至今见过最美的星空。

旅途中认识的人大多都只是过客，即便看过同一片风景，吃过同一桌饭，我们始终要回归各自的生活。

塔什库尔干一别，阿以去了巴基斯坦，他要从巴基斯坦回以色列，我跟我的小伙伴们则坐火车去了库车。分别前一天我问阿以要了地址，我说等我回到了家乡杭州，我就给他寄明信片。他说他很期待，也欢迎我们有机会去他的家乡以色列，去了一定要找他。

他的笑容很真诚，我能感受到他对我们的不舍，尽管途中我们发生过一些小小的不愉快。

后来，我和我的小伙伴们辗转去了伊犁、喀纳斯、乌鲁木齐……没有阿以的旅途几乎没什么不同，我们仍然玩得很开心。偶尔和微微聊天，我们会好奇，这个时候阿以在干什么？他有没有回到以色列?

　　然而就在离开新疆的当天，我在乌鲁木齐机场丢了手机和钱包——阿以的信息我存在手机里。我有些惋惜，我想他大概还在等我的明信片吧，可惜我这辈子再也没有机会把明信片寄到他手中。

　　人一生中会有很多次旅程，我们会遇到形形色色的人，阿以只是其中一个。我和他不过是萍水相逢，隔着茫茫人海也不会再有任何交集。

　　惋惜之余，我有些无奈。我和微微都认为，我们和阿以的交集到此为止，不会再有后续了。

　　许久之后的某一天，微微给我发了消息，她说阿以竟然把我们在新疆旅行的照片刻成光盘寄给了她!

　　微微感叹："他真是个神奇的人!"

　　我恍然想起，微微当时也给他留了邮箱和地址。

　　随光盘一起寄到微微手中的，是一封信。原来，阿以曾发邮件联系过微微，可微微留的是工作邮箱，她每天收到的邮件太多，没有及时回复他。他以为这个邮箱已经废弃了，所以采用了最原始的办法，将照片按照地址寄了过来。他还在信中留了邮箱，希望我们收到后能联系他。

　　我的记忆倒退到 2013 年的 9 月，我们还在塔什库尔干的那个夜晚。

　　阿以安静地坐在大厅上网，我路过大厅，问他可不可以把帮我们拍的照片拷贝给我，他说等他查完东西就帮我拷。我点点头。其实我不过是顺口一提，后来太晚了，我就回房间睡觉了，第二天一早我们就离开了塔什库尔干。

　　我没想到，只是随口说的一句话，他竟一直记在心上。

看到微微传来的的照片，我心中一片温热。我尤其喜欢其中一张，金黄的沙漠中，我和微微在夕阳下悠闲地漫步，那画面美得让我感动。

我给阿以发了一封邮件，可他一直没有回复，直到几天前他才加了我的 QQ。从塔什库尔干的分别到如今重新联系上，时间跨度足足有一年零七个月。

在 QQ 上，我和阿以交流了彼此的近况。阿以说回去之后他一直待在他的家乡——耶路撒冷，他期待有机会再来中国，再遇见我们。我说我也一样，最好将来的某次旅途中，我们可以不期而遇。

耶路撒冷是三大宗教的圣地，是很多人心目中最接近神灵的地方。我们在千里之外的新疆遇见了阿以这个奇怪的朋友，仿佛是冥冥中之注定，他就像来自耶路撒冷的一阵风，为我们的旅途带来了一片另类风景。

认识阿以之后，我对友情有了不一样的理解。友情不一定是志同道合，不一定是相互理解，不一定是无话不谈，友情可以很简单，一言以蔽之：我想和你做朋友。

这个世界很广大，大到天涯海角都不足以囊括；这个世界很久远，久到沧海桑田都不足以追溯。和世界相比，每个人都如沧海一粟，渺小得不值得一提。那么，渺小如粟米的我们能在沧海中相遇，谁能说这不是一种奇妙的缘分呢？

4. 荒原中最美的绿洲

我不认识你，你不熟悉我，我们要建立信任太难太难。有多少人吃了一堑之后便战战兢兢，如履薄冰，从此不再对任何人敞开心扉，生怕连风吹来雨载来的也全都是恶意。

走出库尔勒火车站的时候，我看了看手机——北京时间凌晨三点。周遭一片冷清，除了和我一同从车站出来的旅客，唯一让能我感到有点人气的就是对面马路上那几盏并不明亮的路灯。

不是说库尔勒是座很美的城市吗，为什么看上去这么萧条！我大为沮丧，因为我并不知道，火车站离库尔勒的市中心比较远，位置偏僻，自然会相对萧条，何况还是在大晚上。

我坐火车累坏了，一屁股坐在拉杆箱上，问同行的小伙伴："怎么办，这大半夜的也不知道往哪儿去。"

余毒贱兮兮地说："看，那里有台阶哦，我们坐在台阶上等天亮吧，说不定还能在一早出摊的煎饼摊上买个饼填肚子。"

我还来不及抗议，微微马上说："你别听他胡说。前面有一家宾馆亮着灯呢，应该还在营业，我们去看看。"

苍天保佑，那家宾馆是 24 小时营业的，我们顺利入住，一个个拖着疲惫的身子倒在床上不省人事，这一睡就睡到了第二天中午。若不是要赶时间退房，我想我可以继续在床上昏睡一整天。

微微把我从床上摇醒："快起来了，我们还得去找青旅。"

按照一早拟订的计划，我们在新疆每到一个城市，住宿首选青年旅社，不只是因为便宜，还因为安全。毕竟我们对新疆都不熟悉，怎么玩，哪里好玩，我们一知半解。而住青旅就不一样了，我们不仅可以得到很多出行路线供参考，还能约到年纪相仿的旅伴们拼团一起玩。

微微拿着手机翻了半天，然后很意外地告诉我，偌大的库尔勒竟然只有一家青年旅社，并且不是正规的国际青旅。我们在网上查了一下这家青旅的图片，好像挺简陋。再仔细一看，好吧，是真的非常简陋……

经过一番激烈的讨论，我们最终还是决定去这家青旅。有人拼团总比我们几个人像无头苍蝇一样乱撞强，在踏进库尔勒之前，我们根本没想好怎样来欣赏这座城市。

网上有青旅老板的手机号，微微跟他联系上以后，他给我们大致指了路，说到了青旅他下楼接我们。然而我们一行人基本都是路痴级别，绕来绕去，费了好大的劲才找到目的地。这让我原本就不抱期望的心情再次降到了冰点。

说实话，刚到青旅楼下的那一刻，我悔得想咬手指。这绝对是我们一路上住过的条件最差的青旅！没有之一！我虽不期待能住星级酒店，但也不能简陋至此啊。眼前这座旧楼的岁数看上去比我爸小不了多少，我油然而生一种排斥感。

微微他们没察觉到我的不开心，和老板热络地聊着天。老板姓李，五十岁左右的年纪，戴个银边眼镜，看上去非常儒雅，他让我们喊他老李或者李大哥。

看到我拖着的行李箱，老李吃了一惊，他笑嘻嘻地对我说："小姑娘你真有意思，我还没见过有谁来新疆旅行还拖行李箱的呢。"

我尚处在烦躁的情绪当中，就没有搭理他。我心里想的是，你管我拖不拖箱子啊，我乐意，没人规定来新疆玩只能背登山包吧！

老李也没有注意我几乎崩溃的情绪，他乐呵呵地上前拎起我的箱子："走，我帮你提上去吧。这箱子怪沉的，你带了不少东西啊。"

我笑了笑表示回应，他们在我前面走着，我一直默默跟在后面，不想说话。

这栋旧式建筑有四层，老李开的青旅在三楼。自然，这里是不可能有电梯的。

我一边爬楼梯一边在心里抱怨："老李怎么会把青旅开到这样一个地方？这里又偏僻又简陋，会有人来住吗？我们不会是仅有的住客吧？难不成这是家黑店……"

直到走进三楼大厅，我悬着的心一下子放了下来。是我多虑了，老李的青旅虽然旧了点，但收拾得还算干净，并且十分温馨。大厅墙壁上贴着两幅大大的地图，一幅中国地图，一幅新疆地图。走廊两边的墙上还有很多客人写的留言，乍一看无不是赞美的话，而且基本上全都在夸老李，比如热情啊、仗义啊、豪爽啊等等。

大厅的沙发上坐了几个跟我差不多年纪的游客，看到我们进来，友好地点头打了声招呼。

我和微微非常默契地相视而笑，她说："比我想象的要好很多。"

的确，比我们想象的好得多。至少房间打扫得很干净，床上刚换的被褥还带有阳光的味道，让人觉得很舒服，有种满心疲惫之后回到家的感觉。

我大为放松，把行李一丢，往床上一倒。管他接下来行程怎么安排，先休息好了再说。

大约下午三点，小伙伴们喊我去客厅商量之后两天的行程。

我们站在地图前规划了好久，依然毫无头绪。老李一直推荐我们去塔克拉玛干沙漠看日落，说特别特别美，别的地方看不到那样的夕阳，若是错过了我们一定会遗憾的。

我承认我非常心动，可我对老李的话持有几分怀疑的态度。谁不知道从库尔勒去塔克拉玛干沙漠没有专门的旅游大巴啊，要去的话只能包车。我们在库尔勒人生地不熟，去哪里找司机包车？还不是老李说了算。

果然，我们一考虑去沙漠的提议，老李马上帮我们联系司机。可是他一连打了几个电话，人家都说太晚了回来赶不上吃晚饭，不想去。这时老李提议，他有一辆商务车，可以便宜点带我们过去。

我是个认死理的人，我打心眼里想去沙漠看日落，尽管我觉得老李可能会趁机赚我们钱。微微是个文艺女青年，这种云来风往般赏心悦目的事她一般来者不拒，甚至非常有兴趣。

商量之后，我们全票通过，跟老李走一趟沙漠。

可是，这个时候插曲又来了。老李说我们人少，他的商务车有八座，空着座位不划算。我心里有些小气愤，我以为老李想趁机多赚点钱，因为我在云南旅行的时候，那边的司机就是如此，加一个客人就多收一个人的钱。

我问老李："多拼几个人的话，怎么算钱？"

出乎我的意料，老李说："一辆车六百元，你们多找几个人拼车，每个人分担的费用就会减少，而且沙漠那么空旷，人越多越热闹嘛。"

我听了之后脸涨红了，略微有些发烫。

一路上我都陷在自己的小矛盾中，究竟是如我揣测的那般，老李是故意跟我们套近乎，想熟络了之后宰客，还是我太过敏感多疑，一朝被蛇咬十年怕井绳，以小人之心度君子之腹。

我每年都会出去旅行，自然少不了碰见拼车包车之类的琐事，我因此遭遇过不少黑心司机。他们之中有些是跟我们相处得还不错的客栈老板，有些是当地客栈老板介绍的司机。原本我信任他们，他们却往往在半路坐地起价，不加钱就不走，抑或是临时推荐各种不靠谱的游玩线路，从中赚取回扣。

女孩子出门在外，没有什么比人身安全更重要的，我从来都是多一事不如少一事，不想因为钱的问题跟人起冲突，招来不必要的麻烦。可我也不希望自己成为俎上鱼肉，任人宰割。这种事遇见得多了，多留一个心眼不是坏事。毕竟我和老李不熟，我不是故意去恶意揣度他。

这样想着，我心里舒坦多了，我依然坚持，我并没有错。

就在我沉浸于自己的小世界时，我们的车已经远离库尔勒，到了一个叫尉犁的小县城。老李把车停在城郊一片瓜田边，一个劲儿向我们推荐，说这里的瓜又香又甜，最好是带西瓜去沙漠，等日落的时候可以吃。

我敏感的神经再次被触及。一个小时前老李还推荐我们买一家的据说非常好吃的烤羊肉，我们不喜欢吃羊肉所以没有买。难道他"故技重施"，又让我们买西瓜吗？

我不敢把我的想法告诉微微他们，怕他们说我闲得慌，没事就爱胡思乱想。

不过，还好我没有告诉他们，我实在没有想到，那么大的西瓜几毛钱一斤不说，老李称了瓜后压根儿没问我们要钱，他付了钱就上车了。我再一次判断失误。

我像个偷了糖吃而不敢告诉父母的孩子，左心房和右心室统统被犯罪感填得满满的。

细想来，老李似乎并没有做什么不合理的事，他对客人热情不过是出于一个青旅老板的本职，从头至尾都是我一个人在想象中自编自导。

卸下这层防备后，我豁然开朗，轻松了不止一丁半点儿。

我试着用一颗平常心去看待老李，果真发现，他确实如墙壁上的留言所说，是个热情豪爽的老大哥。从库尔勒到塔克拉玛干沙漠这条路他经常带客人来，再熟悉不过，可谓是见惯了四季风景。可是呢，每看到一处美景，他都表现得比我们还要激动。

到达大名鼎鼎的塔里木河，老李把车一停，让我们下去拍照，拍美景，拍人，或者录一段视频。他则站在一边，像个悠闲的导游一样给我们讲居住在河滩附近的罗布人的故事。

车子继续往前开至胡杨林，老李拿着相机热情地帮我们拍照，一边拍一边摇头叹息："再晚一个月来就好了，再晚一个月这里的胡杨林就会变成一片金黄，那时拍出来的照片才好看呢！"

塔里木河向沙漠延伸带分布着密密麻麻的芦苇，老李从车上掏出一个网兜，他告诉我们，芦苇丛里有许多野兔，他上次还带游客逮到了一只很肥的，烤着吃特别香。于是我们在芦苇丛中钻来钻去，到处找野兔，尽管最后什么都没抓到。

我对微微说："老李都年过半百的人了，怎么还跟个小孩儿似的。他真有童心。"

"有童心好啊，这样才能活得恣意潇洒。"

然后微微告诉我，老李是个铁路工人，他之所以把青旅开在那么偏的地方，是因为那里离火车站近，离铁路也近，他上下班方便。但他开青旅根本赚不到什么钱，房租水电不说，还要给前台阿姨和两个打扫卫生的大妈发工资，收入和支出差不多持平。

我不解："那他开这个青旅图什么呢？每天还忙得团团转，累不累啊。"

老李平日下班后都不会闲着，他很喜欢带客人去孔雀河边看维族人跳舞，周末自是不必说，总喜欢开着他的商务车陪客人到处蹦跶。

微微笑了："图个开心啊。你不觉得他过得很开心吗。"

我想，我大概能够明白老李了，同时我为先前对他不礼貌的揣测懊悔不已。

很可惜，那一日天气不好，我们没有看到期待中"大漠孤烟直，长河落日圆"的美景，可我觉得，我的收获远比看一场沙漠夕阳来得大。从老李身上我找到了久违的信任，这是我曾丢在旅行途中最宝贵的东西。

陌生人与陌生人之间，拉近距离最好的方式就是彼此信任。然而，我不认识你，你不熟悉我，我们要建立信任太难太难。有多少人吃了一堑之后便战战兢兢，如履薄冰，从此不再对任何人敞开心扉，生怕连风吹来雨载来的也全都是恶意。恰好，我曾经就是一个这样的人。

从塔克拉玛干沙漠返回库尔勒的路上，我像是要赎罪似的，倒豆子般一直跟老李哇啦哇啦地聊天。我惊讶地发现，老李博闻强识，远远超乎我的想象。从历史到地理，从政治到娱乐，他无所不知。我们兴致勃勃地聊卫青和霍去病打退匈奴，聊罗布泊的消失，聊新疆出土的干尸，聊古代的西域三十六国——乌孙、龟兹、若羌、焉耆、疏勒……

我连连夸赞老李懂得多，老李谦虚地说："哪里啊，我也就是比较懂新疆这一带的事儿。我虽然和你们一样是汉族人，但我在这里生活了几十年呢，听得多当然就知道得多啦。"

因此，微微给老李取了个外号，叫"新疆通"。

回到旅社后，我坐在大厅上网，跟前台的阿姨闲聊了一会儿。我从她口中得知，老李上班的工资并不低，他开青旅纯粹就是为了找点事做，让自己更充实一些。每天跟来自天南地北不同年纪的客人交朋友，他很享受，很惬意。

　　这也是他为什么对客人那么热情，恨不得把他知道的好东西全部推荐分享给大家。一如第二天下午，我无意中说了一句，库尔勒香梨闻名遐迩，他就乐呵呵地开车带着我们去郊外摘香梨。那个梨园是他亲戚家的，他没有收我们一分钱，我们坚持给钱，他却坚持不收，还给我们兜了一袋路上吃。前台阿姨的话让我的心沉甸甸的，我咬着嘴唇，说不出是什么滋味，大概是懊悔，大概是感动，大概还有了然……

　　这种心情一直持续到一周以后，我们从塔什库尔干搭乘陌生人的车到喀什。那是我第一次搭车，因为赶不上班车，我们迫于无奈，不得不抛开面子半路拦车。

　　司机大叔热情地邀请我们同行，分文不取，我们过意不去，坚持帮他分摊油钱。

　　我们一再道谢，他笑呵呵地说："出门在外，能方便就帮人一把，客气啥。"

　　很简单的一句话，可对于正迫切需要雪中送炭的我们来说，俨然是开在荒漠中的花。他和老李一样，送给了我一份来自旅途的珍贵礼物。

　　新疆地域宽广，黄沙万顷，可是，我找到了荒漠中最美的绿洲。

5. 仿佛一场蝴蝶风暴

人，生而带着私心，越是在无助的境地，越是会更多地考虑自己，这并不是什么不可饶恕的过错，反而是我们作为常人的本能。

　　我第一次听说"驴友"这个词，是在大学毕业旅行的途中。朋友告诉我，驴友就是热衷自助旅行的一类游客，他们通常背一个能装下所有行李的大包走四方，因而又叫背包客。而后我在云南住过一段时间，接触过形形色色的背包客。就像这个称呼一样，他们大多只是我生活中匆匆而来又匆匆而去的过客，没有留下特别深刻的痕迹。我唯一记得比较清楚的一位，是去年在库尔勒认识的女背包客——七月。

　　我不知道七月到底叫什么名字，她这样自称，那我就姑且这样称呼她吧。

　　新疆的旅游业不像其他地方那么发达，为了方便和安全，我和小伙伴们一路上住宿首选青旅。恰好，库尔勒只有一家青旅，又恰好，我们到的那天房间不够，我只能住多人间。青旅的老板老李人很好，待我们非常热情，他听说我不习惯跟陌生人住一起，特意给我安排了一间暂时没人住的房间。

　　老李说，他也不能保证下午会不会有别的客人住进来，这得看我运气。说完他又安慰了我几句，一回生二回熟，就算有陌生人也没事，住青旅的大多数都是年轻人，有话题聊。我笑着说是，心里却默默祈祷不要再来客人了，反正我胆子大，不怕一个人住，再说了，我的小伙伴就住在对面。

　　收拾完之后，我和小伙伴们去沙漠看日落，天黑才回来。我进房间的时候发现隔壁床上坐着一个三十五六岁的女人，短头发，皮肤黑黄，脚边放了一个半人高的背包，她正低头在背包里找什么。看见我进来，她点了点头，算是打招呼，随即又继续翻东西。翻着翻着，她的帽子掉到了地上，可她浑然不觉。

　　我提醒她："大姐，你东西掉地上了。"

她一听，立马皱起眉头，用一种跟她年纪完全不相符的嗲嗲的、甜甜的声音对我说："不要叫我大姐，我叫七月，叫我七月就行。"

我愣了一下。为了掩饰我的不自然，我问她："是'七月流火'的'七月'？"

"什么火？就是数字那个七，月份的月，七月！"声音依旧如此。

我只能挤出一个笑脸，然后说服自己，嗯，大概她的声音天生就是这么……甜吧。

七月不仅说话腔调奇怪，也是个非常爱找事儿的人。晚上才九点，她就想睡觉了，要求我把房间的灯关上。我实在睡不着，便躺在床上玩手机。她嫌我手机屏幕的光太亮，她睡觉不能有一点亮光。我本着多一事不如少一事的心，不想跟她多做理论，就到客厅找小伙伴聊天去了。

我用抱怨的语气对小伙伴们说："碰上个奇怪的大姐，一把年纪了还装小姑娘，说话声音嗲得赛过林志玲！她这么早要睡觉，不让我开灯也就罢了，还不让我玩手机。"

余毒说："也许人家受了情伤出来找心灵寄托呢，你就担待担待呗。"

"情伤？她看上去都快四十了！"

"就许你二十几岁的小姑娘受情伤啊？人家大姐也有恋爱的权利和自由！"

"你可别叫她大姐，她会生气的，她非要让我叫她七月。哎，就她长那样儿，我要是她男朋友，也肯定会让她受情伤。"

不只是余毒，连一直没说话的微微都被我逗笑了。

我再次回房间时，七月已经睡熟，隐约能听到她的鼾声。我松了一口气，终于不用再面对她了。

我蹑手蹑脚地走到床边，生怕发出声音把她吵醒。可房间里实在太暗了，才走了几步我就被椅子绊了一下，膝盖重重地磕在地上。疼痛感一来，我没忍住叫出了声。

顷刻间，一道白色的亮光照到我脸上，晃得我眼睛疼。

七月问我："怎么了？"

我语塞。心想，完了完了，这姐姐又要来事儿了。

谁知七月并没有怪我把她吵醒。她开了灯，见我坐在地上龇牙咧嘴地捂着膝盖，顿时明白了。她从床头那半人高的背包里掏出一个东西递给我："我这里有云南白药，你喷一点，明天就会好的。"

我委婉拒绝："没事的，就磕了一下，不碍事。"

"擦点吧，不然明天该淤青了。"她扶我坐到床上，帮我喷了点药，"你应该不经常出来玩吧？以后出门记得备点外伤药，用得着呢。"

我点点头，说了句谢谢，然后又陷入了不知道说什么的尴尬。她见我如此，主动跟我闲聊了几句，说了一些出门旅行的常识。

七月忽然变得如此热情，我反而有点不自在，同时又有点自责。或许她真的只是个人习惯跟我不同，大家出门在外，本来就应该相互照顾、相互迁就的，我在小伙伴们面前那样说她，是不是不太好……

次日我和小伙伴外出游玩回来，在大厅看到了七月。她主动跟我打招呼，问我去了哪里。

果不其然，小伙伴们听到她那一口甜腻腻的声音，顿时愣得接不上话。

我忙打圆场，给他们介绍："她是七月，跟我住一个多人间的，昨天我跟你们提过。"

微微和我对视一眼，眼中含笑，一副明了的样子。

七月走后，微微对我说："她没有你说得那么老啦，可能经常玩户外，皮肤晒得有点黄。"

余毒继续补刀："一看就是受了情伤出来洗涤心灵的。"

"你少说点，万一让人家听见了不好。"我赶紧制止他。

经过摔倒事件，我对七月已经不像刚开始那么排斥，聊的话题也渐渐多了起来。她问我下一站去哪里，我说走沙漠公路到且末中转，再去和田。

"真的啊！"她非常开心，"太好了，我也正想走这条路呢，但一直愁找不到伴。我们结伴一起走吧！正好你们的人数是单数，到了且末、和田我们还能拼房呢！"

一听她要跟我住同一个房间，我的笑就僵在了脸上，可是我偏偏是个死要面子的人，她的热情让我不知道该怎么拒绝。我想了想，反正在且末、和田我们最多停留三四天，忍忍也就过去了，于是硬着头皮答应。

两天后，我为自己一时心软答应跟七月拼房后悔得想挠墙。她非但没有收敛爱挑人刺儿的毛病，和先前相比，反而有过之而无不及。一进房间，她就抢先一步坐在靠窗的那张床上，理所当然地说："我晚上睡得浅，你要是起夜会吵醒我的，我就睡这边吧。"

没错，她留给我的床挨着洗手间。

我咬咬嘴唇，算了，我忍。

且末县临近塔克拉玛干沙漠，气候异常干燥，我打开行李箱找衣服洗澡。七月问我找什么，我说我身上干得发痒，想洗个澡。她一听，马上道："哎呀我一会儿要出去逛，让我先洗吧。"

还未等我点头，她已经进洗手间了，留下我愣愣地生闷气。我安慰自己，算了，三天很快就过去了，再忍忍再忍忍。

好不容易等到她洗完，我心想，这下总不会有什么事了吧。孰料，等我洗完澡出来吹头发才发现——停电了！我一看门口，果不其然，七月出门的时候把房卡取走了——酒店需要插卡取电！

我换好衣服去微微房间吹头发，一边吹一边跟她抱怨："她怎么能这样，把房卡拿走好歹跟我说一声啊！气死我了！"

一向好脾气的微微也为我抱不平："她这样做确实有点过了。也就你傻，纯粹就是给她摊房钱的，那就像她一个人的房间。"

"都不知道她什么时候回来，我出来的时候把门锁了。哎，还好她晚上睡得早，应该不会溜达到半夜。"

微微提议："要不你跟她说说，到了和田还是不要拼房了。"

我想了想说："不太好意思开口，之前答应了的。算了，和田我们就住两天，到时候我抢先一步把门卡拿走！"

我是那种脾气来得快去得也快的人，微微一通安慰，我又跟没事的人一样，提起兴致和大家一起去逛博物馆，随后又去了宾馆附近的巴扎。巴扎是维语"集市"的意思，当地人会在周末将家中物品带到集市上买卖，于是就有了巴扎，包括牲口巴扎、饮食巴扎、玉石巴扎等等。

我们在巴扎的大门口被一位回族大姐的干果摊吸引。新疆的干果是出了名的，尤其是吐鲁番的葡萄、和田的大枣等等。我和微微像是在享受一场干果的盛宴，试吃满意后，每人挑选了十几斤红枣准备寄回家。

我们正忙着打包，七月出现了。她兴致高昂地上前打招呼，全然没意识到她才得罪过我。

"你们买什么呢？哇，买了这么多啊！"她凑过来看。

我不冷不热地回答："买点红枣寄回家。"

"新疆的红枣很好呢，我也买点。"她自说自话，走到干果摊前开始试吃，边吃边皱眉，"味道一般啊，好像不怎么样啊。"

我对微微嘀咕了一句："不好吃她还吃那么多，估计那个大姐要发飙了。"

回族大姐的脾气比我想象中的要好，她没有生气，只是看见七月一直挑三拣四，她表情有点尴尬。

七月吃了一圈小白杏和无花果之后，拿了个红枣开始咬，她用非常甜的声音问回族大姐："这是和田枣还是哈密枣啊？"

大姐说："这是且末枣。"

七月置若罔闻，继续拿了个更大的枣子吃，吃完又问："这个呢，这个是和田枣还是哈密枣？"

"这也是且末枣。"回族大姐终于忍不住，愠怒，"这里是且末，种的当然都是且末枣，大姐你买不买？"

听到那一声"大姐"，我和微微憋笑憋得几欲内伤。

诚如我所料，七月不开心了："别叫我大姐，我没那么大，我叫七月。算了，你这红枣太硬，我不买了。"

我和微微是一路笑着回到宾馆的。余毒则更加坚信他的推论，七月绝对是刚被男朋友甩，要不就是刚离婚，否则怎么这么爱找事儿。就连跟我们结伴走沙漠公路的老外都看出来了，我们很不喜欢七月。

他用英语问我："你为什么不喜欢她？虽然我也不喜欢她。"

我说："因为她很自私，不懂得分享。"

他若有所思地点点头。

其实我不喜欢七月的理由太多了，她爱找事儿，总喜欢挑别人的毛病，却总看不到自己身上的问题；她生活习惯很奇怪，居然可以在那么干燥那么热的天气环境下三天不换衣服，即便洗了澡也还是穿同一件冲锋衣……

我跟七月矛盾的升级，是在我们到了和田之后。

在宾馆办完入住，我担心七月像之前一样，一声不吭把房卡拿走，于是知会了她一声，说我晚上会早点回来，房卡我收着，当时她是同意了的。结果我才出宾馆，她就一个电话把我叫回去，说有东西忘拿了，我只好去给她开门。来来回回，她一共把我叫回去四次，我不得不怀疑她是故意的。

最后，小伙伴们给我壮了胆，我就去找七月摊牌了。我告诉她，我睡眠质量不好，不想跟她拼房了，而且我不喜欢这家宾馆，想要搬到对面的星级酒店去。

七月有些意外，但也没说什么。后来搬行李出门，我们在前台碰到她，相互都没有打招呼。我想，她必定也看出来了，我们不喜欢她。

和田之后，我们的下一站是喀什。自然，我们没有再跟七月同行。我一早听七月提过她预订的青旅的名字，于是避开她选了另一家旅馆。既然已经生了嫌隙，碰见了只会徒增不快。

耳边没有了七月的声音，我觉得轻松多了，我也理所当然地认为以后不会再遇见她。

几天后我们到了塔什库尔干，入住了当地的青旅。塔什库尔干位于帕米尔高原，所以很不幸，我出现高原反应，当晚就发了高烧。第二天一早小伙伴们陪我去看了医生，我身体软绵绵的便没有再出去溜达，而是乖乖吃了药，裹了厚厚的羊绒毯子坐在青旅大厅的软榻上看电视剧。

那个时候，韩剧《主君的太阳》在我们这个圈子风靡。剧中的女主角能看到鬼，可以和鬼魂对话。虽说这是一部温馨的爱情鬼片，但有些场景还是蛮吓人的。我一直盯着 iPad 的屏幕，正当演到女主角身后有鬼魂出现的情节时，有人从后面拍了一下我的肩膀。

我像见鬼似的叫了一声，回头看到的却是七月。然后我脸上的表情就真跟见到鬼一样，心想，她怎么也在这儿！

七月像什么都没发生一样，用她招牌式的甜嗓门儿跟我打招呼。我心不在焉地应了一声，马上回房，把碰到她的事告诉了微微。

微微惊诧："她应该是刚到这里。也难怪，塔县只有一个青旅。"

塔什库尔干不仅只有一个青旅，而且这个青旅只有多人间，没有单间。我是万万不想跟七月住同一个房间了，何况我已经跟她摊过牌，我脸皮薄，装不出表面的和善。

幸好，我们发现七月住在隔壁房间。

余毒奚落我："你怎么那么怕她？"

我说："这不叫怕，这叫冤家路窄，最好眼不见为净。我又没做错什么，我不理亏，怕她做什么？"

话是这样说，但见到七月我难免会尴尬。我很谨慎地避免一切能接触到她的机会，我和她之间也没有再出现过交流。

直到临走的前一天晚上，七月给我发了条信息："嗨，我已经离开塔县了，认识你们很高兴。我知道你们都不喜欢我，我也知道我的脾气不太好，如果给你们带来麻烦，非常抱歉，但是我对你们没有恶意。祝旅途愉快。七月。"

看完信息，我陷入了矛盾。我错了吗？好像没有。七月错了吗？可能对她来说，她也没有错。她出门在外，又孤身一人，必定是先为自己考虑。

这样的情形似曾相识，当初我在云南帮忙打理客栈时，也曾遇到过类似的情况。

由于曾目睹几个沙发客为抢一个免费的床位而大吵大闹，我对沙发客的印象一直不好，于是决定不再为沙发客提供免费床位。哦对了，沙发客就是出门穷游并且在网上发帖求免费床位的背包客。

某天傍晚，一个年纪和我相仿的女背包客来到店里，说她是几个月前求的沙发，当时的店长答应了她，而且晚上太冷她没地方去，希望我们收留。起初我委婉拒绝，因为当天确实没有多余的床位。可她一直软磨硬泡，说住客厅的软榻也无所谓，她有睡袋，不需要我们提供被子。

我见天色已晚，心一软就答应了。我又担心客厅晚上冷，便抱了一床被子给她，还让人帮她生了暖炉。

约一个小时后，店里帮忙的小姑娘气冲冲地跑来告诉我，这个女沙发客要求很多，一会儿嫌厕所不干净，一会儿嫌洗澡水龙头喷出的水量太小。小姑娘伺候了半天，差点被她气哭。我又诧异又生气，为此，我拒绝了她想与我们一同吃晚饭的要求。她显然有些不开心，脸上的笑也有点勉强。但是我想，我并不欠她什么，为她提供住宿方便已经是破例。

第二天我起床的时候，她已经走了，她把被子叠得非常整齐，榻上还放了一本明信片。

我打开明信片，只见其中一张写了字：谢谢你们的招待，香格里拉的天很冷，可你们让我觉得很温暖，这本明信片给你们留作纪念。

彼时我也想过，究竟是她错了，还是我错了？

或许，谁都没有错。人，生而带着私心，越是在无助的境地，越是会更多地考虑自己，这并非什么不可饶恕的过错，反而是我们作为常人的本能。

就像亚马逊热带丛林的蝴蝶，偶尔扇动几下翅膀，却在两周后掀起了美国德克萨斯州的一场龙卷风。纵然海啸翻涌，风暴所过之处一片狼藉，满目疮痍，然而对于蝴蝶来说，她不过扇动了几下翅膀，那是她生存的本能，她没有义务对自己扇动翅膀而引起的后果负责。

因而我想，我可以不喜欢她们，却不能一味地苛求她们成为我喜欢的样子。毕竟我也不知道，我是否也曾像她们一样，在别人的生活中掀起一场蝴蝶风暴。

6. 你曾说夕阳无限好

于我们而言，这不过是举手之劳；于他们而言，这却是一份难能可贵的惊喜。

从新疆旅行回来后，微微挑出一些她觉得满意的照片，在淘宝定制印刷成了明信片。她特地给我寄了一本，让我留作纪念。

我细细翻着明信片，每看一张嘴角就上扬一分。这本明信片对我的意义不仅仅是印在纸片上的风景，更是一个月长途旅行的珍贵记忆。微微镜头下的每一个画面都是我熟悉的，并且是让我感动的。那是一种无以言说的美，莫说文字无法描述，即便是昂贵的相机镜头也无法真正完整地记录。

看着看着，我忽然想起了什么，问微微："你给那个塔什库尔干的小男孩儿寄照片了吗？"

微微说："已经寄了，也不知道他能不能收到。"

"应该能吧。"

"但愿吧。"

话虽如此，可我和微微都不能确定，她寄出的照片能否顺利到达塔什库尔干。照片的收件人叫艾孜孜，我们认识他的时候，他在塔什库尔干中学上学。

在到达喀什之前，我们一行人谁都没有想过要去塔什库尔干，那是中国最西边的一座小县城，虽然美，但是实在太过偏远。

后来我们在喀什青旅的露台跟来自不同地方的游客聊天，他们一致认为：来喀什怎能不去塔什库尔干呢，在帕米尔高原仰望星空是件多美妙的事！

我和小伙伴们蠢蠢欲动，那就去吧！就算不为了帕米尔高原的星空，雪山之父慕士塔格峰也是我们向往已久的，哪怕是为了看一眼雪山，一路颠簸也值得。

我们说走就走，第二天就去办了边防证，第三天坐上了去塔什库尔干的汽车。

在计划里，我们到达塔什库尔干以后，休息一天便继续往西，去往国土最西边与巴基斯坦接壤的红其拉甫口岸。

然而很不幸，抵达塔什库尔干当晚，我因为高原反应发烧了。突如其来的病痛使得我跟微微半夜三更起床去看星星的计划搁浅，一整个晚上我都处在水深火热之中，盖着被子太热，掀了被子又太冷，我几乎彻夜未眠。

那是我在新疆第一次生病，身体不适加上水土不服，我断断续续地发了三次高烧。也是在那个时候，我第一次产生想家的念头。

次日起床，小伙伴们陪我去医院看病。

我记得我们出门的时间是上午十点左右，然而奇怪的是，从医院回来的路上，我们碰见了许多背着书包的学生，看样子他们应该才去上学。

我以为自己病糊涂了，特意拿出手机看了一下时间。没错，的确已经接近中午了！可是从我身边路过的学生们一个个走得悠闲自在，一边散步一边闲聊，哪有半点着急的样子。

我好奇地盯着他们看，有一个睫毛很长的小男孩也好奇地盯着我们看。小男孩长得很帅气，典型的塔吉克族长相，鼻梁高，眼窝深，一双眼睛又黑又亮。所谓的双瞳剪水，一汪纯真，大抵就是如此了。

我想，可能这个地方很少有游客来吧，他看见穿着打扮比较另类的我们，自然觉得很新鲜。

微微说："这里的学生真是悠闲，这么晚才去上课。"

余毒说："你傻啊，因为有时差。他们过的是新疆时间。"

我说："那也很爽啊，我像他们一样大的时候，每天早上六点多就被我妈拉出被窝洗脸刷牙了，然后顶着一对熊猫眼昏昏欲睡地飘去学校，哪像他们……哎，生活在新疆还是挺好的嘛，至少可以睡懒觉。"

长睫毛小男孩不知是不是听到了我们的对话，他转过头冲我笑了笑。这样善意的微笑让我很是舒心，满身的不适也仿佛得到了缓解。所谓心理作用，还是有作用的。

回到青旅，我吃完药睡了一觉，到了下午已然满血复活。

微微喊我去看韩剧，我们便靠在青旅大厅的榻上边聊天边看了两集。眼看到了吃晚饭的时间，我不经意间看了看窗外，依旧艳阳高照。北京时间晚上九点，差不多才是塔什库尔干真正的黑夜。

微微说："我们先去寄明信片吧，然后去金草滩拍照，看日落。"

"好啊好啊，我换身衣服，凹造型拍照去。"我兴致勃勃，全然忘记我才告别一身病痛。

从邮局回来的途中，我又遇见了那个长睫毛的小男孩。塔什库尔干就是这么小的一个地方，才擦肩而过的人，转眼又能重逢。

当时微微正在给一个九十岁左右的塔吉克族老爷爷拍照。老爷爷有着浓密的白胡子，戴着一副墨镜，坐在花坛边悠闲地晒太阳。征得老爷爷的同意后，微微专心致志地找角度，想把他拍得好看一些。

我的注意力全程放在微微的镜头上，可我隐约觉得有人在看我。一回头，却发现是上午那个小男孩儿。他和另外三个个子高一点的塔吉克族小男孩儿在一起，正坐在花坛边好奇地盯着我们看，旁边还围着几个更小的女孩子。

我满心疑问。他们那么晚才去上学，为什么还不到下午六点就放学了？好神奇。

我向他们打招呼："你好啊。"

"你好。"小男孩儿眨了眨眼睛，一脸好奇，"你们在做什么？"

我说："拍照呀。"

"拍照？"他觉得不可思议，"是什么？"

这下轮到我新奇了，我问他："难道你没拍过照？"

他摇摇头。

"你们这里没有照相馆吗？"

他又摇头。

我和微微像发现新大陆一样。塔什库尔干虽然地处偏僻，但也不至于连个照相馆都没有吧？或者说，只是他们不知道有照相馆这么个地方？

和他聊了会儿天之后，他告诉我，他叫艾孜孜，在塔什库尔干中学上初二。然而作为初二学生，他显然个子太小，和普通的四五年级小学生一般高。

微微见他对拍照这么好奇，走过去问他："给你们拍几张照？"

一开始他很羞涩，想尝试却又不敢开口，仿佛这是一件很冒昧的事。几个小男孩子推推嚷嚷，扭怩了几下，这才害羞地站在微微的镜头前。

微微给他们拍了几张合照，然后把拍好的照片给他们看。他们围在一起，手指着相机屏幕，用只有他们才能听懂的塔吉克语议论着。继而又抬起头，对着我们露出大大的笑脸。

微微又问他们，要不要再拍几张独照。

彼时他们已经褪去最初的羞涩，不再因为陌生而胆怯。他们点点头，像吃了蜜一样，彼此搭着背傻笑，脸上的雀斑也因微笑而挤到一块儿。

他们不会摆pose，但他们面对镜头的笑容如慕士塔格雪山流淌下来的雪水一般纯净。看得出来，他们很珍惜这次接触新事物的机会，我还从未见过有人把拍照当那么神圣的事来对待。

微微查看了一下相机里的照片，摇了摇头："这里背光，拍出来的效果不好。找个风景好一点的地方再给你们拍几张吧。"

"好啊。"他像是做了好事被老师褒奖一般，洋溢着无以伦比的兴奋和喜悦。

我们住的青旅附近有一大片格桑花，微微挑中了那个地方，让他们跟我们一起回去。我们走了不过短短几十米的路，跟来的小男孩儿越来越多，由一开始的四个增加为六七个。他们都是艾孜孜的朋友，一听说有人给他们拍照，都表现出无比的新鲜感。

有个骑着自行车的小男孩儿小心翼翼地问："可以给我也拍两张吗？"

我点头："当然可以啊。"

他又羞涩又开心，那表情跟艾孜孜刚跟我们说好的时候一模一样。

微微给他们拍照的时候，我在一边默默看着。

我们站在中国最西边的土地上。彼时，太阳正渐渐往西，越来越接近我们。阳光把我们的影子拉长，再拉长，投射在姹紫嫣红的格桑花海洋中。

于我们而言，这不过是举手之劳。于他们而言，这却是一份难能可贵的惊喜。那一刻我由衷为我们这一举手之劳感到骄傲，因为在过去的二十多年里，我从来没有切身经历过这样的场景。

拍完照片，微微问艾孜孜："你们这里真的没有照相馆？那我怎么把照片给你呀？"

艾孜孜挠挠头，不知该怎么回答。

我说："你有QQ吗？我们把照片发给你。或者邮箱也行。"

他们你看我我看你，显然不明白我在说什么。

微微有些不知所措："那快递总有吧，我回去印刷出来，用快递寄给你。"

然而艾孜孜说，他也不知道塔什库尔干县城有没有快递。我想，就算有快递，他们没有电话，可能还是收不到。

我不死心，继续问："你知道你爸爸妈妈的手机号码吗？"

他摇摇头，想了想又说："我爸爸妈妈没有手机，不过我的叔叔有。"

我和微微总算松了一口气。

微微问他要了他叔叔的电话，然后是地址。可他又说，他的叔叔并不在塔什库尔干。

微微大跌眼镜，仔细一问，原来他的叔叔在距离塔什库尔干七个小时车程的乡下，他们一家人都住在那个小山村。

不只是艾孜孜，其他几个孩子也一样，他们来自附近不同的乡镇，坐车到塔什库尔干至少七八个小时。山村比较偏僻，没有通车，从村子到坐车的巴士站还得翻山越岭，非常不方便。所以，如果不是有特别重要的事，平时他们都会待在学校，直到学期结束才回老家。

我陷入了茫然，一时不知该说些什么。

微微叹了口气："那我只能给你寄邮政了，不过邮政经常丢件，我不能百分之百保证你们能收到，但是我一定会给你寄的。"

他重重地点了点头："嗯，一定要寄给我们呀。"

为了答谢我们帮他们拍照，艾孜孜带我们参观了他的学校。当天是周五，学校放假，可留在那里的学生很多，阳光下的他们正在追逐嬉戏，我听到的了饱含喜悦的笑声。

好像，在这里上学的几乎都是来自附近山村的孩子，家境清贫，生活条件很不好。学校的师资也不稳定，其中一部分还是外地过来支教的老师，他们的停留时间只有几个月到一年不等。

艾孜孜说，每次有支教老师离开，他们都很舍不得。学生们都很喜欢这些来支教的老师，他们的普通话也是跟着支教老师学的。

艾孜孜问微微是哪里人，又问了我是哪里人，我说杭州。他问杭州是哪里，我给他解释了半天，他勉强明白，杭州是一个离塔什库尔干非常非常远的地方。

微微问他，有没有想过哪一天去新疆以外的地方看看。

他腼腆地笑笑，说还没想过。除了塔什库尔干，他哪里都没去过，就连最近的喀什都没有去过。

我问他长大了想做什么。他想了很久，说可能还是会回老家。但是他喜欢当老师，因为他老家很多人还不识字，如果以后没有老师来支教，他们可能连普通话都还不会说，他的爸爸妈妈就不会说普通话，他想教他们。

我有生以来第一次被一个小孩子的话给震住，可我毕竟力量微薄，不能为他做什么。

如今，一晃一年半过去了，我很期待，他是不是收到照片了。

我们之间隔着千山万水，没有发达的通讯，我无从得知他的任何消息。

我们只能怀着美好的期望，期望他们都能越来越好。

就像微微所说，但愿吧。

7. 你们多美好，时光它知道

年少无知时，我们都埋怨过生活的无趣，渴望快快长大，长到有足够的底气、足够的能力去主宰未来，却不会料到，未来的自己将会有多怀念曾经的年少无知。

明珠婚礼前夕，我问安安："明珠的妈妈给她取这个名字，是'掌上明珠'的意思吧？"

安安摇头："不，是因为她妈妈怀她的时候喜欢吃明珠牌的罐头。"

我愣了三秒钟，然后忍不住笑出声来。

明珠是安安的闺密，安安是我的闺密，自然而然，我认识了明珠。

七年前我刚认识安安的时候，她和明珠一起在英国上学。和如今的漂亮可人相比，当年安安就是一个非主流杀马特萝莉，白白胖胖的，染一头黄毛。我经常开玩笑对她说："你也算是个励志女神了，要不要考虑去天涯开帖子分享你的减肥秘诀？"

安安说："那是因为年少无知，无忧无虑，心宽体胖。"

是啊，无忧无虑，所以心宽体胖。年少无知时，我们都埋怨过生活的无趣，渴望快快长大，长到有足有的底气、足够的能力去主宰未来，却不会料到，未来的自己将会有多怀念曾经的年少无知。这是一个解不开的死循环，几乎人人皆如此。

在安安最胖的那段时光里，我天天在寝室睡大觉，明珠天天去餐厅端盘子。我和安安经常隔着八个时区在网上聊天，她跟我提的最多的话题莫过于明珠：明珠今天又穿了她那件很丑的羽绒服；明珠和一个男孩子恋爱了；明珠在餐厅端盘子还没回来……

有时候安安会去餐厅接明珠下班，明珠一天的工资是 40 磅，安安等她下班的空档可以在餐厅消费掉 200 磅。

为此我揶揄安安："这样吃你不胖才怪。"

她很自豪："明珠打工那家餐厅的老板应该感谢我，我得为他创造多少收益啊！"

留学生勤工俭学是常有的事，我亦不觉得奇怪，许多家境一般的留学生就是靠自己努力才能帮家里分担昂贵的学费，只是当时我和安安都不知道，以明珠殷实的家境，她完全担得起"掌上明珠"四个字。

即便是多年以后的现在，每每提及此事，我总忍不住感叹，明珠何以这么节俭，何以让自己过得这么累。而我不得不承认，相比我和安安，明珠确实懂事许多。一如当年她懂得珍惜父母的每一分收入，一如现在她无论在家庭还是在婚姻中都坚强而豁达。

2008 年 9 月，安安被家人送往英国，和她同去的是比她小两岁的妹妹雅岚。雅岚年纪小，又是独生女，因而双方家长一再嘱托安安，要好好照顾妹妹。安安信誓旦旦，她觉得自己可以做得很好，可现实往往不如臆想的那般美好。

雅岚自小被当成千金小姐宠着，到了英国之后，她完全忽略了英镑和人民币之间的汇率差，花钱肆无忌惮。安安的节俭一度让雅岚无法忍受，在她看来，安安的节俭毫无意义，那只会让背井离乡的她连仅剩的物质上的优越感都荡然无存。

不同的生活理念使得安安和雅岚之间产生越来越多的矛盾，有时她们甚至吵得寄宿家庭的主人都无法安睡。终于有一天，雅岚搬离了 Homestay，和另一个才认识不到几天的新朋友住在了一起。

远在陌生的国度，被原以为可以相濡以沫的好姐妹抛下，安安蒙了。一向报喜不报忧的她并未把这一切告诉我，我一直都觉得她过得很好，至少没有那么不好。

所幸，安安在她最无助的时候认识了顾姐。顾姐开了一家中介服务公司，专门帮初到英国的留学生们申请好的大学，安安是她服务的对象之一。她对安安很照顾，久而久之，安安便和她熟识起来。

自雅岚离开，安安一改往日的节俭作风，她学会了用金钱来提升自己的生活质量。四年的异国求学生涯她是如何度过的，我无从切身感受。我只是在很久之后听她提起，她曾和明珠待在阁楼整日整日地打游戏，没有重要的事情坚决不出门；她曾和初恋男友执手漫步于泰晤士河畔，偶然一次心血来潮，买过一对一万多元的枕头……而这些已然是她和明珠相识以后的事了。

安安初次见到明珠，便是在顾姐的办公室。

仿佛是为了和雅岚暗暗置气，某日，安安兴致好，买了很多生活用品。她拎着大包小包去找顾姐，想将这满载而归的喜悦分享给朋友。可她推开办公室大门，看到的第一个人并非顾姐，而是衣着朴素的明珠。

明珠看到安安，愣了一下，她用不可思议的语气，笑着对安安说："你居然买了这么多东西！我来英国快一个月了，连公交都不舍得坐呢。"

英国的公交和国内不同，算上汇率差，坐一次需要花费近 40 元人民币，比国内打出租车还贵。

因为这一句再普通不过的开场白，安安对明珠产生了亲近感。明珠和雅岚不同，她朴实、谦和，给人一种坦坦荡荡的舒适感。她的出现让安安明白了，不是只有物质才能成为寂寞时的慰藉，尽管物质是每个人都无法舍弃的生存寄托。

那阵子安安很开心，因为她遇到了新朋友，并且相处得很好。她们很快搬到同一屋檐下，布置新家，开始新生活。她还拍了新家的照片给我看，告诉我，那是她亲手整理的，所有东西都是她亲自挑选的，她非常享受当下。

这些照片至今还保留在她的相册中。她们的房间不大，两张床，粉色碎花的窗帘，粉色碎花的床单被套，还有一些女孩子最喜欢的玩偶。梦幻、童话、洛丽塔，是小女孩儿最喜欢的风格。

"怎么样，我和明珠的新家是不是很好看？"她的话语中有着难以掩饰的兴奋，那是一种对未知生活的期待，她在异国的四年求学生涯由此开始。

在安安的印象中，我的大学生活除了上课就是埋头写小说。在我的印象中，安安的大学生活除了上课就是埋头打游戏，明珠则比她多一项——端盘子。

每逢周末，我的室友们都会外出和男朋友约会，只有我孤零零地待在寝室赶稿子。安安打游戏的空暇来找我聊天，她曾多次问我："怎么一到周末你就一个人守寝室？你为什么不去谈恋爱呀？"

十八岁的我不知天高地厚，我总是不可一世地说："谈恋爱有什么好玩的，我得搞创作啊。"

一晃五年过去了，2013年的夏天，我和安安成了室友。在那段彼此都不用上班的时间，我们经常看电视、上网至深夜，心情好就穿着睡衣去烧烤摊吃个夜宵，心情不好就抱着哭一哭，互相挖苦彼此的曾经。

安安总觉得我辜负了自己的青春，她说："在那么好的年纪，有那么一大把优秀的男生追你，你不好好把握，偏偏好花开尽之后才谈一场让所有人都嫌弃的恋爱，真不知道你怎么想的！"

然后根本不用我回答，她会自问自答："哦对，因为你要创作。"

这个时候，我基本上都会扑过去打她。

安安和明珠自是比我会享受生活，至少不那么单调，不仅仅是我想象中的每天不修边幅地在阁楼打游戏，游戏不过是她们打发时间的途径之一。可我竟不知，明珠的第一次恋爱竟源自游戏。

明珠的初恋男友叫夏阳，比她大几岁。起初不过是一段网恋，任谁都不看好，时间久了，她对夏阳的依赖越来越大，一发而不可收，这段感情也渐渐从网络蔓延至现实。夏阳对她很好，她也很信任夏阳，会将心中所有的甜与苦尽数对他倾诉，甚至把他当作最亲近的人。

孰料，明珠出国没多久，夏阳便把她抛在了脑后。他很快交了新女朋友，婚期也提上日程。这对明珠来说无疑是一个巨大的打击，饶是再沉稳，她也无法心平气和地面对这个突变。她想过很多办法去挽回他们的感情，可无一不是以失败告终。夏阳想方设法地躲着她，连游戏也没有再上过。

就像每日有白天黑夜，四季有春夏秋冬，年轻时有段失败的初恋再平常不过。

明珠这段恋情看似荒唐，就连和她朝夕相处的安安都不看好，可那个男生却是唯一一个让她动过不顾一切要在一起念头的人。那样的人，那样的感情，一辈子只会有一次，错过了便此生不再。

从那以后，她没有再为任何一个男人哭过。

失恋后的明珠心情一直很反复。圣诞前夕，她和安安窝在她们的小屋内，安静地聊着天，聊着聊着就哭了。安安知道她是想家了，就提议回国一趟。两人一拍即合，不顾高价订了第二天的机票飞回家。

明珠第一次去安安家，安安爸爸看着她的眼神带着怜悯，他偷偷跟安安说："这丫头真够瘦的，肯定是因为家里条件不好，所以营养不良。"于是，他特意带她们去吃最丰盛的晚餐。餐桌上，他指着一盘粉丝对明珠说："来，多吃一点，这是鲍鱼汁做的，平时吃不到。"

而后，安安也陪明珠回了家。

安安告诉我，她彻底被震撼了。在明珠家，巴掌大的鲍鱼几乎每天都有，晚上睡前还有一碗燕窝，看得出这些并不是明珠特地吩咐家里人准备的，这只是她的日常。安安说她恨不得找个地洞钻进去，觉得她爸爸真是太丢人了！

那几天安安有点蔫，和她爸爸说了这事，她爸爸只是释然一笑，安慰道："她穿得那么朴素，谁能想到会是这样呢，你也不告诉我们。"

"可我也不知道啊！"安安有些懊恼，她不止一次对我感叹，"真的完全看不出来，她平时节俭得连个垃圾袋都不舍得扔，一件羽绒服可以穿一个冬天，谁能想到她家条件这么好。哦对了，记不记得我一直跟你说的，她那件很丑的羽绒服，居然也贵得没天理！"

也难怪安安会诧异，我去参加明珠婚礼的时候，惊讶程度丝毫不亚于安安：巨额陪嫁，满身黄金首饰，满桌子的燕窝海鲜……我难以想象，生于那样的家庭，明珠却没有半点小姐脾气，自始至终她温和坦荡，落落大方，委实让我觉得难能可贵。

我们都没有细数过青春，也不知青春是从什么时候开始变快的。一转眼，我们的大学生活画上句号，安安回国、结婚、怀孕、生子，明珠也在家人的压力下相亲、订婚、结婚。

还记得那一年我和安安一同去长滩岛度假。我们并肩躺在海滩上，看着夕阳，我问她："你后不后悔，那么早结婚？"

她说："后不后悔都一样，迟早会有那一天。"

从她的回答中我听得出，婚姻并没有那么美好，甜过之后必然有苦，这就是为什么她有时会在我面前哭，哭完又擦掉眼泪，继续勇敢地面对生活。

我总是说安安不懂事，毛毛躁躁的像个小孩子，可我依然佩服她骨子里的乐观，她总是可以从一堆不如意中看到好的一面。

继安安步入婚姻后，明珠也好事临近。

明珠的喜讯来得比我们想象中的都要快。那天，她把电子喜帖发在微信群里，我打开，背景音乐缓缓响起，是范玮琪的《最重要的决定》：

你是我最重要的决定，我愿意打破对未知的恐惧。就算流泪也能放晴，将心比心，因为幸福没有捷径，只有经营……

我的眼泪不知不觉流出。竟然这样快，和我有着共同记忆的她们，一个一个都嫁了。青春年华，岁月静好。岁月却有着不动声色的力量。不知不觉，青春已老。

我应邀成为明珠的伴娘，那也是我第一次做伴娘。我亲眼看着她穿着一袭拖地婚纱，款款上台，在父母的见证下走到新郎身边，笑着为彼此戴上婚戒，执子之手，从此携手……

这个画面咔嚓一声被锁在相机镜头中，仿佛昨日，而下一刻，我迎来的便是她生产的消息，一切都快得那么不可思议。

在她生产的那天深夜，我发了这样一条朋友圈：风雨大作，在这个点醒过来，点开群，发现明珠快生了，忽然有种想哭的冲动，时间真是快啊，没多久前我还是你的伴娘，握着你的手送你出嫁，曾说要沾沾你的喜气，一转眼你已经是妈妈了。

就像安安说的那样，我们都会有那一天，区别只是迟和早，可骤然尘埃落定，心里却有种说不出的感觉。

次日清晨，安安从香港的医院发来消息，明珠平安生下她的小公主，母女健康。她还发来一张照片，明珠的老公抱着小公主靠在明珠床前，一家三口其乐融融。

看到照片上的场景，我忽然明白，为什么婚姻经营起来那么不易，她们却前仆后继，一个接一个踏进那个所谓的爱情的坟墓。而她们那份身为人母的快乐，现在的我还不懂。

无论爱情还是婚姻，安安和明珠都是过来人，比我有发言权，所以我不开心的时候喜欢找她们诉苦。

安安时常和我同仇敌忾，她说："你开心就行，任性一点，想干吗就干吗，轰轰烈烈才不枉我们年轻一回，痛过哭过才证明我们青春无敌。"

明珠时常劝我冷静思考，她说："你要理智，凡事都要考虑清楚，现在难受总好过将来后悔，不开心就痛快哭出来，累了痛了我们会拉你一把。"

她们就像我的镜子，时刻提醒我看清楚自己，尽管我们能碰到一起的机会屈指可数。毕竟，我们生活在不同的城市，也各有各的忙碌。

明珠婚礼之后，我们久未相聚，再次碰面便是今年四月的云南之行了。事先我们并未做太多攻略，不过是心血来潮，想找个山清水秀的地方喝喝茶，聊聊天。

那几日我们在大理古城晒太阳，在洱海迎风呼喊，在喜洲翻围墙……明珠仿佛是被禁锢许久再度飞翔蓝天的黄莺，她说她许久没有玩得这么痛快了。

其实，对我们而言，去哪里玩根本不重要，重要的是大家可以在一起，见证彼此的幸福，再许下美好的约定。

明珠说，等有了空闲，我们要一起去海岛度假。安安说，她等我嫁人，等我怀孕，二胎留着和我一起生。

这些话听着如此温暖，让我舍不得老去。

安安不知道的是，她对我说过那么多话，我印象最深的一句是："以后娶你的，究竟会是个什么样的人？"

不仅她好奇，我自己也很好奇。但我们都没有未卜先知的能力，未来是未知的，未知的事物总是让人充满期待，这就是未知的魅力，未知的美。

而如今，我觉得自己何其幸运，在这个纷纷扰扰的尘世中，有我珍视的人陪我一同老去。

青春无法重来，可你们有多美好，时光总会记得。

8. 如冬夏之风，途经涅瓦河

　　这段寄寓在生涩文字中的爱情不比旁人的鲜花和朗姆酒，它没有芬芳的气息，没有醇厚的味道，却有着来自身体每一个细胞的真诚，那是一种与生俱来的冲动。

周柠是我认识的最传奇的女孩儿，她的经历如同八点档电视剧，说出来让人难以置信。我曾把她的故事说给朋友们听，却一度被误认为那是我杜撰的小说。

七年前的暑假，我应大学校友菲菲的邀请，去她的家乡湖州做客，也就是在那个时候，我认识了菲菲的隔壁邻居兼高中同学周柠。

周柠算不上特别漂亮，但她清秀、温婉，说起话来轻声细语，有着南方女孩儿特有的灵气，尤其是那双眼睛，如同阳光照射下的玻璃珠子，明亮得像是会说话。再加上她皮肤白净，性格又好，菲菲说，从小班里就有很多男孩子喜欢她。

初见周柠，她穿了件藏蓝色的棉布衬衫，下身是同色印花半身裙，坐在溪边的樟树下发呆。由于天气热，她一头长发盘成了髻，唯有几缕细丝散在耳边。在那个景致古朴、随处可见白墙黑瓦和青苔石桥的水乡小镇，周柠作这身打扮，仿佛是从几十年前的旧画里走出来的人物，又好似戴望舒的《雨巷》中，那个撑着油纸伞徘徊在巷子里的丁香般的姑娘。

我和菲菲走近她，她浑然不觉，低头皱眉，眼神有些飘忽，不知是在想什么样的苦恼事。菲菲没察觉她的出神，喊了声"周柠"，她应声回头，朝我们露出一个惊喜的笑容。

"你什么时候回来的？"她问菲菲，话语中带着兴奋。

菲菲亦是非常开心："刚到家呢，听你外婆说你在这里，就马上出来找你了。一年没见你了，你在俄罗斯过得还好吗？"

一听菲菲提到俄罗斯，她立马有了落寞的表情："就那样呗，说不上有多好，但也不差。"

话虽如此，可明眼人都看得出她有心事。十八九岁的女孩子都一样，心里想了什么，全都写在脸上。

菲菲追问："你不会还在暗恋沈骏吧？"

周柠条件反射般捂住了菲菲的嘴，神色紧张，像做贼一样。我不明白周柠为何这么慌张，暗恋男生并非什么丢人的事。可是看她们俩的神情，我隐约感觉不太对。

那个暑假，我在菲菲家住了近半个月，和周柠玩熟之后我才清楚事情的来龙去脉。

周柠很小的时候父母就离异了，原因是她爸爸在外面有了别的女人。她妈妈主动要了她的抚养权，她爸爸乐得自在，每个月照例给点生活费，算是尽了义务。没过多久，她爸爸就跟相好的那个女人结婚了。

这本来也算不得什么大事，可周柠的父母是同乡，交际圈里都是些相同的人，自他们离婚开始，周围的闲言碎语就一直没断过。周柠妈妈是个骨子里很要强的女人，她听不得那些闲话，有时候气得躲在房间哭。于是她一咬牙，和几个要好的小姐妹一起离开了生活多年的小镇，在外做小商品生意。

那个时候，江浙一带小商品贸易发展速度惊人，有些胆子大的人还把生意做到了国外，比如很多温州人在西班牙做皮鞋生意，义乌人在意大利做地毯生意。周柠妈妈也属于胆子大的那一类，短短几年，她和她的小姐妹定居俄罗斯圣彼得堡，有了好几家商铺，据说生意非常好。再后来，她就成了人们口中的暴发户。

听菲菲说，周柠妈妈从俄罗斯回来那年可风光了，珠光宝气，从头到脚都是名牌，还把周柠和她外婆从巷子里的瓦房接到了湖边的小别墅居住。

周柠一跃成为小公主，羡煞班上所有同学。不过她妈妈带回来的不只是钱，还有结婚的消息。周柠的继父也是在圣彼得堡做生意的商人，几年前离婚，有一个儿子。

"我妈妈嫁的人就是沈骏的爸爸。"周柠跟我说这些的时候，我小小吃惊了一下。

父母离异，母亲再婚，暗恋继父家的哥哥……这难道不是小说中才会出现的情节吗！可是小说源自于生活，周柠的故事远比小说精彩得多。

沈骏比周柠大两岁，高中毕业就去圣彼得堡上了大学，在那之前他一直在西安老家，和周柠见面的次数屈指可数。周柠说，她第一次见到沈骏就知道自己喜欢他。

"他个子很高，瘦瘦的，戴眼镜，很斯文，不帅，但成绩非常好！"沉浸在虚幻爱情中的周柠，每次提起沈骏都眉眼带笑。

沈骏毕竟是周柠名义上的哥哥，除了从小一起长大的闺密菲菲，周柠不敢向其他人倾诉她对沈骏的感情。她也没有指望能和沈骏有结果，只要能经常见到他，她就满足了。为了这个小小的目的，她向她妈妈提出，想去圣彼得堡念大学。

俄语不似英语普遍，去圣彼得堡上大学得先读一年语言预科，这对女孩子来说很耽误青春，周柠妈妈非常反对。她好不容易做生意赚到了钱，下半辈子唯一的期望就是周柠，她早就计划好了，要把周柠送去美国学法律。

周柠死活不肯，坚持要去圣彼得堡。她的理由是，妈妈为了做生意一直把她丢在外婆家，现在好不容易家里条件好了，她不想再跟家人分开了。她妈妈听到这些就受不了了，亲情使然，抱着她哭了一场，最终同意让她去圣彼得堡。

周柠有很好的语言天赋，在圣彼得堡一年，她已经可以和当地人正常交流，只要话题不那么深奥。她也如愿以偿地进了沈骏在读的大学，以妹妹的身份天天跟在沈骏屁股后头。可是，她并不开心。

人都是贪婪的，成功得到一样东西之后，又会蠢蠢欲动，想要得到另一样更好的东西。她喜欢沈骏，她做梦都希望沈骏能喜欢她。可她不得不时刻抑制自己的感情，生怕妈妈和继父看出端倪。

沈骏从没察觉到周柠的心思，他还告诉周柠，他有了喜欢的女孩子。那个女孩子不是别人，正是经常和周柠一起玩的中国留学生秋杨。

"秋杨一点都不喜欢沈骏，沈骏这个傻瓜，居然还让我帮他给秋杨递情书！"周柠满脸啼笑皆非。

这就是为什么我见到周柠时，她愁眉不展，一脸不快。

我不看好周柠和沈骏，并非他们是名义上的兄妹，而是因为沈骏心里没有周柠，窗户纸若是捅破，他们的关系只会更尴尬。

菲菲和我想的一样，所以我们每天轮番劝周柠，让她放弃这段不靠谱的单相思。

为了让周柠放宽心，我邀请她去了我的老家，给她介绍了很多新朋友。周柠也慢慢把我的话听了进去，我们分开时她的心情比之前好多了。

故事到这里暂时告一段落。暑假结束，周柠回到了圣彼得堡。我和菲菲都担心她一回到那个和沈骏朝夕相处的环境，又会重新燃起爱情的火花，事实证明我多虑了。

我们以为生活终将趋于平淡，生活却总是不屑一顾地向我们展示她的神奇。生活之精彩，绝非任何小说电影电视剧可以比拟。

回到圣彼得堡三个月后，周柠给我发了这样一条消息：我恋爱了，放心，我的男朋友不是沈骏。

她的男朋友不是沈骏，而是一个俄罗斯人。

周柠和往常一样，在沈骏面前克制自己的感情，偶尔帮他给秋杨送送情书。某天晚上她肚子饿了，出门买夜宵，在餐厅附近看见秋杨和一个外国男生拉拉扯扯，她的第一反应是秋杨遇到了麻烦。也不知哪来的胆子，她想都没想就跑过去帮秋杨解围，结果发现自己闹了个大乌龙。那个男生是秋杨喜欢的人，秋杨拉着他告白，却被他拒绝了。

原本慢慢平淡下来的故事在这里发生了一个大逆转，那个外国男生拒绝了秋杨，但他注意到了周柠。他经常找借口约周柠出去玩，小礼物更是不断。最最关键的是，他长得帅。正处于暗恋失败阶段的周柠哪里经得起这样的的攻势，一来二去就跟他在一起了。

"安德烈长得很帅，他的眼睛是蓝灰色的，那五官，那气质，简直帅呆了！怪不得秋杨那么喜欢他，为了他一次又一次拒绝沈骏。"

我啧啧称奇："所以，秋杨抢了你的心上人，你就抢她的心上人？"

"瞎说！沈骏追不到秋杨，那是他没本事！安德烈能追到我，那是他有本事！"恋爱中的周柠春风得意，"对了，我在圣彼得堡一年多了，还没有俄国名字呢。你看的书多，帮我取一个呗。"

我脱口而出："伊丽莎白。"

"那是英国人的名字，不行。我要有俄罗斯特色的！"

我不假思索："那就叫伊丽莎白斯基，够有俄罗斯特色了吧。"

周柠："……"

"俄罗斯人不都喜欢叫什么什么斯基吗，《罪与罚》的作者叫妥斯托洛夫斯基，《钢铁是怎样炼成的》作者叫奥斯特洛夫斯基，还有别林斯基、茹科夫斯基……"

这些自然是好朋友之间的玩笑话。

周柠和我说了很多她和安德烈的事，我能感觉到她很享受这段爱情，先前暗恋沈骏失败的落寞也一扫而光。要不怎么说放下一段感情最好的办法是开始一段新感情呢。

周柠喜欢有学问的人，沈骏如此，安德烈亦然。安德烈经常给周柠讲一些俄罗斯的历史故事，周柠知道我喜欢历史，总是原封不动说给我听，其中我印象最深的是沙皇俄国末代公主安娜斯塔西娅的故事。

俄国十月革命成功后，沙皇尼古拉二世夫妇被杀，他们的一双儿女下落不明。有传闻说，小公主安娜斯塔西娅被人偷偷救走，流落民间。几年后，波兰一个名叫安娜的女士声称自己就是侥幸逃生的小公主安娜斯塔西娅。这一消息成了当时的爆炸性新闻，有人赞同也有人质疑，直到安娜去世，她的身份依旧是个谜。

很多年后，安娜斯塔西娅公主的事迹被改编成了电影《真假公主》，这个历史故事也一直在俄罗斯流传。

我当时十分不屑地对周柠说："你告诉安德烈，中国在宋朝就有真假公主的故事了，比他们早了八百年呢！你可以给他讲讲宋徽宗的女儿柔福帝姬的故事，那才叫精彩！"

我不过随口一说，周柠还真去给安德烈科普了，两个人热烈讨论了一番。

周柠和安德烈都是学霸，学霸之间的爱情一般都比较匪夷所思，他们聊天的话题更是天马行空，从历史到物理，从文学到生物，无一不谈。

我记得我问过周柠，她跟安德烈平时是不是都用俄语交流。周柠说："基本上都用俄语，有些比较深奥的我不会说，就用翻译软件查一下用英语怎么表达，他再用软件把英语翻译成俄语。"

我："……"

由于语言差异，他们闹过不少笑话。

某天半夜，周柠打国际长途把我叫醒，她说她和安德烈正在讨论屠格涅夫的成名作《猎人笔记》，可他们对作者的认知产生了分歧。

周柠问我："你读的书多，帮我分析一下。你觉得农奴制存在是有必要的吗？安德烈觉得那是农奴社会的劣根性，我倒是认为社会要进步就必须经过这一步。我刚才躺在床上正跟他发信息呢，都快吵起来了。你说，怎样回复才能既显得我有深度又显得我不 care 他的观点？"

我带着困意，义正词严地告诉她："我对农奴制不感兴趣，老子喜欢读有哲理的书。"

沉浸在爱情中的人果然都是傻子，周柠那么聪明的一个人，竟然没听出我这话是对她说的，她原封不动地把这句话转述给了安德烈，打的还是中文字。

安德烈不懂中文，他尝试用软件翻译了这句话，最后得出的结论是，他以为周柠不喜欢看关于农奴问题的书，周柠觉得老子的书比较有哲理。

几天后，安德烈拿着不知从哪里弄来的线装版《道德经》，献宝一样送给了周柠。

弄清事情原委，周柠哭笑不得，我听了之后也几乎笑晕过去。她当然不敢告诉安德烈真相，只好假装自己真的很喜欢老子的道家思想。安德烈傻乎乎地跑去找他认识的中国留学生学中文，然后用跑调跑到太平洋的口音给周柠念《道德经》。

道可道，非常道。名可名，非常名。无名天地之始，有名万物之母。

这段寄寓在生涩文字中的爱情不比旁人的鲜花和朗姆酒，它没有芬芳的气息，没有醇厚的味道，却有着来自身体每一个细胞的真诚，那是一种与生俱来的冲动。

周柠说，和安德烈在一起的大学时光是她这辈子最美好的回忆。那时的他们不需要考虑很多，只要好好爱对方，享受对方的爱，就足够幸福了。我没有去过圣彼得堡，可是在周柠的陈述中，我总能身临其境感受到那里的美。

每年 11 月，圣彼得堡开始下雪，一直下到第二年的 4 月。他们喜欢在下雪天沿街漫步，街道两旁的苏联老小区全是以前的建筑，带着旧时岁月的味道。街上的电车慢吞吞地开着，仿佛它们根本不着急前往下一个目的地。那些苏联时代的老地铁车厢一会儿有灯一会儿没灯，车厢里的男士永远都会彬彬有礼地给女士让座，街上的汽车也永远会让行人先走。

空闲时，他们会去逛艾尔米塔什博物馆，这座被列为世界四大博物馆之一的建筑大得好似怎么逛都逛不完，他们很喜欢这种有年代感的地方，而圣彼得堡本身就是一座极具年代感的城市。周柠告诉我，市中心都是老建筑，有巴洛克式、洛可可式……那些建筑都带着雕塑，有在门前的雕塑，还有在柱子上的，雕塑的形象大多是希腊神话传说中的英雄。

我在周柠的描述中迷上了这座城市，我不止一次下决心，有生之年一定要亲眼去圣彼得堡看看。

我想，越是在这种合乎时宜的氛围，他们的爱越是浑然天成。他们有共同爱好，共同话题，更可贵的是他们从未怀疑过彼此的感情。

在圣彼得堡所有风景中，周柠对我提得最多的是涅瓦河——俄罗斯人的母亲河。涅瓦河两岸尽是城中最经典的建筑，彼得要塞、滴血大教堂、彼得大帝雕塑、伊萨基辅大教堂……冬天涅瓦河全部冰封，人们可以肆无忌惮地在冰面上走动甚至玩耍。夏天的涅瓦河更漂亮，两岸灯火通明，到了白夜来临的日子，横跨河面的桥会变成两段各自升起。每年 5 月 9 日是俄罗斯的胜利日，红色桅杆的帆船行驶在河面上，人们放着烟花，通宵达旦地庆祝。

圣彼得堡位置偏北，每年 5 月到 8 月都会有白夜现象。周柠很喜欢白夜，这是她一直以来的小情怀。她总是在白夜的晚上和安德烈手拉手漫步涅瓦河畔，等待出现异常梦幻的北极光。

这些全是周柠和安德烈的回忆，也是周柠留给我的关于圣彼得堡最深的印象。

周柠怕父母反对这段异国恋，一直瞒着家里人。可世上没有不透风的墙，在她和安德烈交往一年半以后，她妈妈知道了这件事。

最先看出端倪的是秋杨，周柠说她怕秋杨心里有疙瘩，瞒得小心翼翼，她不想因为安德烈而失去秋杨这个朋友。可秋杨不知出于什么心理，将这件事透露给了沈骏。

"沈骏对我挺好的，他说只要我喜欢，他就支持我，还帮我一起瞒着爸妈。有时候我出去约会，都是他帮我打掩护。"周柠说，"可是我运气不太好，有一次我们在涅瓦河边接吻，被我爸妈撞个正着，那天是他们的结婚纪念日，他们出来找浪漫呢。"

"然后你妈妈就开始棒打鸳鸯了？"

"对啊，她死活不同意我们在一起，我也死活不同意分手。"

周柠的性子跟我差不多，她认定的事，别人怎么说她都不会听。她一边安抚父母，一边继续偷偷跟安德烈谈恋爱。她认为父母都是通情达理的人，迟早会理解她。可她怎么都没想到，最后决定结束这段感情的人是安德烈。

临近毕业，学校的气氛变得紧张起来，大家都在为自己的将来忙碌奔波。周柠把大部分时间花在了毕业设计上，见安德烈的次数慢慢减少了，当时已经在读研的安德烈相对比她轻松许多。某天晚上安德烈约她去涅瓦河，她只当是个普通的约会。谁知见了面，安德烈却向她提了分手。

安德烈说他考虑了很久，觉得他们在一起没有未来，异国恋要考虑的东西太多，他不想耽误周柠。周柠哭着挽留，安德烈不为所动，铁了心拒绝她。

周柠还是不肯死心，那以后的日子，她还是像从前一样，坚持每天给安德烈发信息，安德烈却再也没有回复。没多久之后，她看到安德烈牵着一个女孩儿的手，高调地出现在校园的每一个角落。那是个俄罗斯女孩儿，很漂亮，有一头金色的卷发。

失恋的周柠心情起伏很大，有时候笑得没心没肺，有时候哭得要死要活。她经常在半夜哭着给我打电话，毫不考虑昂贵的国际长途电话费。

她问我："男人的感情是不是都这样，说变就变，一点都不可信？"

"也不是吧，要看人。"我当时没什么恋爱经验，安慰起人来也力不从心，"你要是实在不开心，就去谈场新的恋爱吧。安德烈高调，你就比他更高调，没准过一个月你连他叫什么都不记得了。"

我信口胡诌，周柠却真的照做了，她接受了他们学校一个富二代留学生的追求。

据沈骏对菲菲说，菲菲又向我转述，周柠天天和新男友在校园里秀恩爱。比如一下课就冲出教学楼，手拉手跑到草地上，双双将课本高高抛起，旁若无人地嬉戏打闹。诸如此类，不胜枚举，沈骏每次都看得直摇头。

我明知周柠这样做不过是自欺欺人，对她的新男友也不公平，可我一点都不想劝她。她是我重视的朋友，我自私地希望她过得开心，只要她能走出失恋的阴霾，她想怎么做那是她的事，只要她不伤害自己就行。

这么多年过去了，如今的周柠已经结婚生子，过得很幸福。她老公就是当年天天跟在她屁股后头，被她利用来气安德烈也甘之如饴的富二代留学生。

事过境迁，恍如隔世。可每次想起曾经的种种，我都好像看了一场电影。

2013 年夏天，我和菲菲结伴去周柠家玩，她妈妈正好回国。我和周柠妈妈聊天时提及安德烈，她妈妈神色有些复杂："柠柠脾气倔，怎么劝她都听不进去。我没办法，只好去找了那个俄罗斯男生。我跟他语言不通，还请了翻译呢。哎，这件事柠柠不知道，知道了又该跟我闹了。"

我和菲菲都很吃惊，我们一直以为是安德烈移情别恋，抛弃了周柠，却不料是周柠的妈妈做了安德烈的思想工作，让他主动离开。

菲菲摇头叹气："真像言情小说，什么时候我能活得这么精彩，也不枉此生了。"

可是后来周柠告诉我："我早就知道我妈妈找过他了。沈骏见我故意在安德烈面前秀恩爱，怕我犯傻，就把这事告诉了我。"

我倍感意外："那你为什么不去找安德烈问清楚？"

"有什么好问清楚的，他如果真那么坚定，不管我妈妈跟他说什么他都不会妥协的。我是女孩子，我都有不顾一切的勇气，可他没有！"

　　周柠一向很有主见，她自有她的道理，我无从反驳。

　　她和安德烈的爱情就像途经涅瓦河的季候风，只留下短暂的欢愉，反而弥足珍贵。我感到唏嘘，但不感到惋惜。她现在过得很好，这就足够了。

　　唯一可惜的是，那个有着蓝灰色眼睛的异国男生用跑调的中文为心爱的女孩儿念《道德经》的画面，再也不会出现。

9. 不是不爱了，而是爱过了

一生之中，我们总会遇到这样一个人，他的出现将改变我们的命运轨迹，哪怕只是一丁点的偏差。那个人可能是朋友，可能是亲人，可能是恋人，可能是相爱却无法在一起的人，也有可能，他只是个陌生人。

菲菲宣布她和秦威分手的时候，朋友们从天南地北发来贺电，纷纷恭喜她重获新生，整个微信群尽是普天同庆的氛围。

菲菲嗔道："你们怎么这样，有没有同情心啊！我失恋了你们难道不应该安慰一下吗？"

她刚说完，群里出现如下回复：

"分手快乐，祝你快乐。"

"早分早超生，嘿，巴扎嘿！"

"今天是个好日子啊，喜庆的事儿特别多啊。"

"我在这儿等着你分手啊，等着你明天桃花朵朵开。"

"你们果然是我的好朋友，"菲菲哭笑不得，她开始喊我，"云葭，那你呢，你不会也跟这群浑蛋一样幸灾乐祸吧。"

我说："意料之中的事，有什么好幸灾乐祸的。"

是的，菲菲和秦威分手是我意料之中的事。我曾预估他们能好三个月，结果他们坚持了大半年，真是奇迹中的奇迹。

微信群里的朋友你一言我一语，恭喜菲菲脱离苦海，菲菲却沉默了。

过了一会儿我的手机响了，是菲菲打来的。她在电话那头鬼哭狼嚎："好难受啊怎么办，你快给我灌点心灵鸡汤，治愈治愈我吧。失恋的女人伤不起，生无可恋了……"

我打断她："我又不是写情感专栏的，能给你灌哪门子鸡汤啊。周菲菲你对我就别装了吧，要真有这么难受就不会给我打电话，而是躲被子里偷偷抹眼泪呢，我能不知道你！"

菲菲果然收住了她的魔音，她切换了正常说话频道，对我说："哎，跟他吵吵闹闹那么多次，我都已经习惯了，演习和实战好像也没多大区别，分了也就分了。"

"你压根儿没觉得跟秦威分手有多痛苦吧？"

"你太看得起我了，哪能真的一点都不难受。"菲菲叹气，"我是真心爱他，可我也知道跟他不会长久，我现在心里很乱，根本静不下来做任何事。你最近有没有空啊，要不陪我出去走走？荡涤一下心灵什么的，没准我就彻底放下了。"

"行啊，你想去哪里？"

菲菲异想天开："要不我们去圣彼得堡找周柠？"

我一口回绝："大小姐，我可没那么多时间陪你折腾。周边吧，江浙沪一带你就近选个地儿，我们明天就出发。"

菲菲有选择恐惧症，半天没给出个答案。她犹豫好久，还是把选择权交到了我手上。当时我正在朋友家帮她即将月考的妹妹复习功课，我手上的书本恰好翻到了《梦游天姥吟留别》那一课。

海客谈瀛洲，烟涛微茫信难求。越人语天姥，云霞明灭或可睹。天姥连天向天横，势拔五岳掩赤城。天台一万八千丈，对此欲倒东南倾……

我当下决定："去天台山，台州天台山。"

菲菲一向果决，她当晚从湖州开车到杭州与我会和，第二天我们睡到大中午起床，自驾前往天台山。

我原以为菲菲只是心血来潮，让我陪她走一趟失恋之旅，她曾经很羡慕那些感情受伤就出去流浪一圈的女孩儿，觉得那样很了不起。但是我忘了，周菲菲不是普通女孩儿，她可以随时随地把我们双子座的"精分"发挥到极致。一路上，我没看出她身上有哪怕一丁点儿失恋女孩儿该有的忧伤，更让我意外的是，她悄无声息地把陈睿阳约了出来。

陈睿阳是周柠的表哥，早前周柠公布结婚消息时建了个微信群，我和菲菲、陈睿阳都在群里，长久以来，彼此已经非常熟悉。不过陈睿阳一直在美国读研，周柠结婚他没有回来参加婚礼，我们也就一直都没见过面。

菲菲说，她在朋友圈发了条要跟我一起去天台山的状态，陈睿阳主动给她发了信息，想做东请我们吃饭。我才想起周柠之前好像提过，陈睿阳是台州人。

我和菲菲本着"上帝是公平的，所以学霸都是丑八怪和帅哥美女都是学渣"的心思脑补了一下陈睿阳的长相，最后我们的想法达成高度一致，陈睿阳应该是个戴着眼镜的五短身材的胖子——天天在美国吃牛排的能不胖吗，况且我们在周柠婚礼上见过陈睿阳的妈妈，她就是个漂亮的胖妇人。

到了晚餐时间，我和菲菲坐在海鲜餐厅靠窗的位置，望眼欲穿地等一个胖子出现。当高高瘦瘦的陈睿阳走过来跟我们打招呼时，我和菲菲错愕了半天。谁能想到陈睿阳长那么高！目测他有一米八，白白净净的，斯文、帅气，更不科学的是，他一个读完博士的学霸居然不戴眼镜。

我悄悄观察了菲菲的表情，然后我立刻明白，这家伙怕是对陈睿阳动了心思。

陈睿阳在美国读的是管理学，他和菲菲聊的话题对我一个文科生而言实在太深奥，他们聊天的时候，我全程埋头吃海鲜，顺便抽空偷拍了一张照片发给周柠。

我问周柠："你表哥有没有女朋友？"

周柠说："别说女朋友了，男朋友都没有。"

"你不会是想……"

"对的，我就是想……"我偷着乐。

我把我和周柠的对话截图发给了菲菲，菲菲很默契地朝我挤挤眼。

事后我问菲菲："你觉得陈睿阳对你什么感觉？"

菲菲说："以我浅薄的爱情观来看，他对我至少有好感吧。恋爱的感觉真是太美。"

我愣了一下，忽然反应过来："不对啊，你不是刚失恋吗？"

菲菲："……"

因为陈睿阳的出现，我们这趟荡涤心灵的双人失恋游莫名其妙变成了灯泡三人行。没错，灯泡就是我。我从未如此感谢自己是个爬山小能手，每每菲菲和陈睿阳相谈甚欢时，我已经把他们甩出了好大一段路。

天台山以幽静出名，我们沿着竹林间的石阶慢慢往山上走。林子里弥漫着树叶的清香，黄莺婉转啼叫，远处山岚缓缓升起、变换，夹杂着山涧流水声，宛如与世隔绝的世外桃源。偶然看到一群不知名的鸟儿聚在杜鹃花丛中嬉戏，陈睿阳连忙拿出单反拍照，他的神情专注而认真，又好似透着柔软的只言片语，他是怕惊着它们。

我对菲菲说："这趟天台山你是来对了。"

菲菲问："何以见得？"

"少装蒜，你知道我在说什么。"

我对陈睿阳可以说一无所知，可是一个有着如此温柔眼神的男人，必定是心善的。

不知费了多少体力，我们总算到了华顶山麓，见到了闻名已久的千年古刹国清寺。我和菲菲一早约好了要去国清寺烧香，我期待的是和她一起进香，如今半路杀出个陈睿阳，凭我对菲菲的了解，我多半能猜出她烧香会祈求什么。于是我很识时务地烧了香，趁他们不注意默默退出大殿。

我坐在国清寺门口的石阶上等他们，心里一阵释然。我是真心为菲菲感到高兴，我从未见过哪个女孩儿可以这么快从一段失败的感情中走出来，也从未见过哪个女孩儿能够这么快投入到另一段感情中去。可我知道，和秦威分手，菲菲并非真的一点都不难受，在过去半年里，她为秦威所做的种种我比谁都清楚。

菲菲和秦威是在他们一个共同好友的婚礼上认识的，菲菲长得漂亮，秦威对她一见钟情，第一次见面就问她要了联系方式，随后展开了热烈的追求。菲菲心思单纯，她觉得秦威人老实，又是朋友的朋友，知根知底，轻易就答应了做他的女朋友。

秦威比菲菲大五岁，约摸一米八的身高，略有些胖，但长得还行，听菲菲说他在外贸公司上班，也是湖州本地人。第一次见秦威，我心里就有种怪怪的感觉，但是怕影响他和菲菲的感情，我并未多言。

菲菲家庭条件好，从小过着饭来张口、衣来伸手的日子，是众人眼中的白富美。可她和秦威一起吃饭时，又给他倒水又帮着他切牛排，俨然秦威的小保姆。至少在我浅薄的认知中，一个男人若疼爱他的女朋友，不应该当着她朋友的面让她这样伺候，尤其秦威已经三十出头，照理说应该是个非常沉稳的男人了。

菲菲看出我不喜欢秦威，一直帮他解释。她说："秦威就是这样的性格，他有些自卑，总觉得不能照顾好我，所以我得多顾及他的感受，偶尔迁就他一下没什么的。"

秦威自卑很正常，因为所有我认识的朋友都觉得他配不上菲菲。论家庭条件，他比不上菲菲；论外貌，他是普通人，菲菲长得漂亮，身材又好，追求者一堆；论工作，他虽然收入稳定，能力也不错，但菲菲年纪轻轻就已经是个小有成就的室内设计师，并且拥有自己的工作室。客观评价，菲菲完全可以找一个比秦威更优秀的男人，可菲菲对秦威却死心塌地。

我听湖州的朋友说，菲菲经常去秦威的公司给他送爱心午餐，每次约会也都是她迁就秦威的时间。菲菲过生日的时候，秦威因为加班没有出席，甚至连礼物都没有……不仅如此，秦威对菲菲连基本的尊重都无法做到，他经常当着很多朋友的面半开玩笑似的奚落菲菲，以此达到自我平衡。

秦威种种幼稚的行为连周围的朋友都看不下去了，菲菲却依然当局者迷，不撞南墙不回头。

某次下大雨，菲菲从杭州坐火车回湖州，打电话让秦威来火车站接她，秦威说太晚了，让她自己打车回去。可就在那之前没多久，秦威半夜 12 点去帮他喝醉酒的同事代驾。菲菲气不过，打电话跟他理论，说着说着就吵了起来。秦威说了句太晚了他要睡觉，便挂了电话。菲菲打过去，他拒接，再打，还是拒接……

那天晚上菲菲在电话里对着我哭，她说她从来都不知道，秦威对她可以这么狠心。我劝她放手，她说她不甘心。

"我真的很爱他。只要他开心，我受点委屈不要紧。可我不知道他为什么总是这样对我，我怕我坚持不下去了。"菲菲哭得上气不接下气。

我很直白地告诉她："很简单，因为他不爱你。或者说，比起爱你，他更爱他自己。一个自私又自负的男人，不值得你对他这么好。"

"我不知道该怎么办，快压抑死了。"

诸如此类的情况发生了好几次，菲菲依旧不肯放弃。她和秦威吵吵闹闹，分分合合，每次吵完都在电话里对着我哭得歇斯底里。自从她和秦威恋爱，从前那个热情开朗的她已然消失。

我坐在石阶发呆，陈睿阳出来我未察觉。他问我："你在做什么？"

我不敢说我在回忆菲菲那段失败的恋情，于是指了指远处："看山岚。"

"山岚？"

"就是山中的云雾，那是山在呼吸。"

陈睿阳皱了皱眉："你们跟文字打交道的人说话都这么文雅吗？"

我说："文雅谈不上，只是很早之前就想来天台山，如今见到梦寐以求的风景，有些感慨罢了。"

"为什么喜欢天台山？"

"我有个非常喜欢的女作家，我还在上高中的时候就看过她写的一个故事，叫《天台遗事》，从那个时候起就有个执念，有朝一日要来天台山看看。"

"我以为你会说是因为李白的《梦游天姥吟留别》呢。"

"也有这个原因吧。且放白鹿青崖间，须行即骑访名山。天台山真的有白鹿吗？"

陈睿阳看了我一眼，忍不住笑了，我也不知道他在笑什么。他的眼神一如既往的温柔，就像缓缓升起、不断变化的山岚一样。

我们就"天台山究竟有没有白鹿"的话题聊了一会儿。趁菲菲上厕所还没回来，我几次开口想问他对菲菲到底是什么感觉，可话到嘴边又咽了下去。

有一种善意，叫作不打扰别人的幸福。

每个人在乎的东西都不一样，各有各的标准，各有各的态度。

身为朋友，不轻易将自己的意识强加给他人，于我们而言不过是举手之劳。正如菲菲和秦威在一起的时候，我知道她不开心，可我并未阻止她爱秦威。如今她好不容易将心思转移到陈睿阳身上，不论接下来发展如何，那是他们的事，我依然不想过多干涉。

从天台山离开，菲菲每天的心情灿烂得如同加利福尼亚的阳光，她再也没有跟我提过秦威，只言片语都没有。我想，秦威这篇大抵是要翻过去了。

两个月以后，菲菲来杭州出差，我们在西湖边喝下午茶。我问她："你跟陈睿阳，现在发展如何了？"

菲菲说："我们就是朋友啊，没什么发展。"

我有些意外："怎么没有发展？你不是喜欢他吗？"

"喜欢归喜欢，喜欢不是爱。毕竟我也不知道他对我感觉如何，或许他只当我是比较谈得来的朋友呢？我不想破坏现在这份美好，其实做朋友也挺好，他对我们都挺好，不是吗？"

我不能否认菲菲说得确实有道理。在天台山的云雾中，在国清寺的香火里，在那个特殊的环境下，我们的情绪会不由自主地变得浪漫，一旦回到熟悉的生活节奏，或许之前的一切只是一场梦。比起强求，不如顺其自然。

就在我万分期待菲菲和陈睿阳的后续时，秦威出现了。他给菲菲发微信，菲菲没回，打电话，菲菲没接。为了防止骚扰，菲菲把他的号码拉黑了，QQ、微信、微博，一一删除，非常彻底。菲菲说，以她对秦威的了解，被她如此对待，他应该不会再折腾了，他是个爱面子如命的人。

谁知就在几天前，菲菲赴她阿姨的饭局，进门看到的第一个人居然是秦威。不止秦威，菲菲的爸爸、妈妈、阿姨都在场——为了挽回菲菲，他居然说服了她的家人。

菲菲给我发微信抱怨："都这么大的人了，还做这些幼稚的事。"

我听她说完事情经过，问了句："你现在什么感觉？有被感动吗？"

"真没有。"

那一顿饭菲菲吃得索然无味，她全程都在跟我微信直播。我记得大概剧情是，吃饭吃到一半时，秦威当着在场所有人的面向菲菲道歉，请求她原谅自己。菲菲的家人也帮着说好话，他们自然是劝和不劝离，毕竟双方家长已经见过面。

菲菲态度坚决，没有给秦威任何转寰的余地。她说："太晚了。"

秦威问她："太晚了，意思是你已经不爱我了？"

"不是不爱了，而是爱已经过了。"

"菲菲，你也别跟我说那么深奥的话，"秦威面子上有点挂不住，"我的确伤害了你，可吵架也是两个人的事，我并没有大的过错，你不能再给我一次机会？"

菲菲哭笑不得："人要为自己的错误埋单，你一个大男人连承认错误的勇气都没有，你看，我就敢承认我瞎。"

没等秦威反应过来这句话是什么意思，菲菲在众人诧异的目光中转身离开包厢，她爸爸叫了她好几次，她没有回头。

她说，走出房门的那一刻，她有种前所未有的轻松。

听菲菲轻描淡写说完这些，我很意外。这全然不像以前那个一遇到感情问题就乱了阵脚的她，曾经的她会为了秦威哭到后半夜，恨不得立刻嫁给他，只要他愿意。

我问菲菲："你怎么突然变得这么利落了？"

菲菲说："陈睿阳出现以后吧。遇见他我才觉得，两个人在一起是要相互迁就的，而不是靠单方面的付出。现在回想跟秦威的种种，怎么想都觉得我们的关系不像恋人。"

"你才发现？"

"是啊，以前被冲动蒙蔽了双眼。不管我和陈睿阳以后如何，我都应该感谢他。"

我忽然感觉到，遇见陈睿阳后，菲菲长大了。她说得对，不管她和陈睿阳以后会怎样，她应该感谢天台山的邂逅。

一生之中，我们总会遇到这样一个人，他的出现将改变我们的命运轨迹，哪怕只是一丁点的偏差。那个人可能是朋友，可能是亲人，可能是恋人，可能是相爱却无法在一起的人；也有可能，他只是个陌生人。

因为那个人的出现，我们恍然大悟：原来，一直拥有的并非我真正想要的；原来，我可以站在更高的地方期待未来；原来，对的人总是在经历过一场失败恋情后姗姗来迟……

之于菲菲，那个人是陈睿阳。

10. 等有一天你老了，谁陪你细数白发

谁都渴望成为出类拔萃的人，可并非谁都有这样的能力和条件，既然如此，唯有量力而行，退而求其次，才能把生活过得更合乎时宜。

自从知道我是写书的，金宝就一直哭着喊着求我下一本书让他当男主角，而我每次都会很诚实地告诉他："不写，会卖不出去的。"

金宝不依不饶："为什么啊？难道我不好吗？我觉得我挺好的啊。"

我将诚实进行到底："先不说你长得如此这般，光是你的名字——王金宝，你该不会以为我写的是乡村爱情故事吧？"

我给他举了一些例子，比如金庸的男主角叫令狐冲、张无忌，琼瑶的男主角叫费云帆、何书桓……终上所述，男主角的名字很重要！

金宝有些泄气："那好吧，名字是我爸妈取的，我也没有办法。"

我安慰他："没事没事，名字不改也不要紧，赚钱整容也是条出路，毕竟这个世界还是看脸的。"

金宝："……"

"不过，不出意外的话你这辈子也赚不了多少钱。"

金宝："……"

这是我跟金宝的正常对话模式，不只是我，我们很多共同朋友也是这样同他说话的。倒不是因为他好欺负，他天生气场如此，也算是他的一种难能可贵的亲和力吧，大家都不把他当外人。越是和他关系好的朋友，越是会逮着机会就损他，他也从来不生气。

朋友说金宝真是个奇怪的人，他似乎特别享受被我们虐，一天不被吐槽就浑身痒，而他的思维又好像永远跟我们不在同一次元，哪些话是真，哪些话是玩笑，他傻傻分不清。

我和金宝认识三年了，我一向认为自己记性很好，可偏偏想不起来是怎么跟他认识的。

他好像忽然就出现在我的朋友圈中，存在感不强但也偶尔露个脸。

三年前我客居香格里拉，金宝时任古城某连锁客栈的店长。他为人热情，闲来无事便会邀我们去他店里喝茶，而他尤其喜欢喊我去他那儿写稿子。他说，他家三楼的书房又安静又温馨，最适合我编造各种狗血桥段。

盛情难却，有一次我就带着电脑过去。金宝特地点了藏香，又给我沏了壶滇红，他问："我这里怎么样，老佛爷您还满意吗？"

我说："嗯，还不错，可以考虑常来。"

"那……我那事儿怎么说？"

"什么事？"

"就是把我写成男主角啊。"

我一脸忧伤："本宫要开始创作了，宝公公你退下吧。"

"我说真的呢！你看我到现在都没有女朋友，我就指望你了。万一我红了呢，对吧！"

我："……"

他还真不是开玩笑的，整个香格里拉也就只有他会这么异想天开。自我认识他以来，他最大的愿望就是能有个女朋友，为此也付出过不少努力。

他曾经追过在古城某面包店工作的小姑娘星星。那一阵子他像着了魔一样，每天在我面前星星长星星短，一会儿要去找星星聊天，一会儿要去给星星送个小礼物。他天天这么念叨，我不免好奇，问他："星星是谁啊？"

金宝很惊讶。他是真的惊讶。他反问："你连星星都不知道？就是某某某面包店的星星啊，很可爱很漂亮的那个星星。"

我故意逗他："多可爱多漂亮？比我还漂亮吗？"

金宝："人家可比你可爱漂亮多了，哪像你嘴巴那么毒啊。"

我很认真告诉他："你可真会说话。就你这情商，星星要是能看上你，我下本书的男主角就是你了！"

一语成谶。几天之后，金宝刚萌芽的爱情被扼杀在摇篮里——星星拒绝了他。星星说，他们更合适做朋友。

我在古城认识的人有限，不知道星星长什么样，就算见过也忘了。不过在当时的金宝眼里，星星是全世界最漂亮的小姑娘，月亮里的嫦娥都比不上星星。我想，被心爱的女孩子拒绝，金宝一定很难受吧。

为了照顾金宝的感受，在他失恋的那几天里，我和朋友都没敢去找他。我们经常一起玩的几个朋友，比如阿婷，比如杨铂，嘴巴一个赛一个的毒，我怕大家一不小心把他刺激哭。万一他心灵受创，我们就是罪人了。

但是，我们都低估了金宝的心理承受能力，就像我们都低估了他脸皮的厚度一样。没过多久金宝就走出了失恋的阴影，还有了"第二春"。

很遗憾我错过了那么精彩的故事片段，我在事情发生很久之后才听阿婷提起，那年情人节王涛给阿婷买了束花，他们夫妻俩浪漫过后顺手把花放在了客厅，恰好金宝去找王涛，他顺手把花拿去当道具追姑娘了……

我天真地以为金宝锲而不舍，继续追星星去了。结果阿婷告诉我，根本没星星什么事儿，金宝追的是某餐厅的女服务员。

我恨铁不成钢："怪不得没有女朋友，才被拒绝就追别人了，一点耐心都没有。我要是星星，我也看不上他。"

阿婷："没准星星已经忘了他是谁了。"

我："也对哦。估计忘了。"

"他这辈子可能要孤独终老了。"

"以他的情商来看，这个可能性很大。"我赞同阿婷的观点，"本来嘛，长相和身高方面已经没有优势了……"

我和阿婷不约而同地叹气。

不过金宝也是有过女朋友的，至少他自己这样认为，尽管在我们这些旁观者眼中，他那次"恋爱"是一场彻头彻尾的闹剧。

那年夏天的某个午后，阳光迷人，空气清新，一切都很好。我和阿婷、杨铂坐在茶室逗小狗玩，金宝满脸堆笑跑过来跟我们说，他有女朋友了。我和阿婷对视一眼，继续玩我们的。

金宝说："你们别不信啊，我真的谈恋爱了，我女朋友长得可漂亮了。"

我故意问他："有多漂亮啊，比我漂亮吗？"

金宝："反正……反正就是很漂亮。"

阿婷问："你女朋友叫什么名字？"

金宝："不能说，她不让我说。"

杨铂问："你们到哪一步了？接过吻吗？"

金宝："哎哟，姐姐，你们能不能纯洁一点！"

杨铂："谈恋爱接个吻不是很正常吗，这叫不纯洁？"

我跟风泼冷水："真失败，都没接过吻。那你们牵过手吗？"

金宝摇头。

我们三个哄堂大笑。

金宝义愤填膺，他说我们太看不起他，太不给他面子了。于是他约我们隔天去咖啡厅喝下午茶，他请客，届时他会带女朋友隆重亮相，用事实狠狠打我们的脸。我们也非常乐意给他一个打脸的机会，免费的下午茶，不喝白不喝。

第二天下午，我们特意找了家比较贵的咖啡厅，一早点完单坐着等金宝来结账。他有多想打我们的脸，我们就有多想看他的笑话。

出乎我们的意料，金宝还真把他所谓的女朋友带来了。那女孩儿看上去年纪不大，化了妆，很精明的样子，从我的审美来看算不得美女，但也算比较好看的了。我第一感觉是，那姑娘要是眼睛没瞎，绝对看不上金宝。从阿婷和杨铂的反应来看，她们的感觉跟我应该是一样的。

女主角登场，金宝可得意了，从眼神到精神都透出一股炫耀的气息。我们和那女孩子礼貌性寒暄了几句，我更加肯定，她和金宝就算真在一起也长不了。过了一会儿，她起身去厕所，我们几个默契地笑了。

我说："我们来猜猜金宝多久被甩，赌一顿饭。"

阿婷说："不出一个月。"

杨铂说："你们太看得起他了，最多十天。"

金宝说："有你们这样的朋友吗，你们怎么可以这样！"

然后我说了句公道话："算了我们也别赌了，他们现在连恋爱都不算，谈什么分手啊。人家姑娘一定是太无聊了，逗金宝玩呢。"

金宝被我们你一言我一语说得快哭了，他好不容易谈一次恋爱，我们这些朋友却眼巴巴地等着他们分手，真是好坏好坏的。他发脾气说，再诅咒他们分手，他以后就不请我们吃饭了。我们见他是真的急了，也就没有再落井下石。

接下来的一个星期我日程安排得非常满，先是去天池露营，再是去看杜鹃花海，然后是各种朋友聚餐。玩嗨之后，我又闭门在家待了两天，赶一个杂志短篇稿。等我再次见到金宝，他已经是孤家寡人了。

我们肆意取笑了金宝一番。对我来说，他被姑娘嫌弃早就不是什么新闻了，我笑的是他这段恋爱坚持的时间比我想象的还要短暂。

金宝郁郁寡欢了好几天，我安慰他："没事没事，不难受！大不了找新的嘛，天底下姑娘那么多，总有几个是瞎了眼的。"

金宝哭丧着脸："哪有你这样安慰人的。"

"真朋友才会跟你说真话，你应该庆幸我是你的真朋友。"

"我也是拿你当真朋友才跟你说真话。云葭啊，你嘴巴这么毒，会嫁不出去的。"

"得了吧，我从来就不担心自己嫁不出去。倒是你，好好想想怎么找女朋友吧。"

金宝："……"

无忧无虑的日子总是过得很快，我们每天插科打诨，金宝也继续努力寻找着他的女朋友。可是直到我离开香格里拉的那天，金宝还是单身。当然，这是我意料之中的事。

我一直奇怪，金宝长相普通，家庭普通，工作普通，还经常被我们打击取笑……这般碌碌生活二十多年，他却永远都是笑着的。

所以后来我问金宝，为什么他一无所有，却还是这么洒脱。金宝说，他从来没觉得自己一无所有，他可以选择最喜欢的生活方式，每天看看蓝天，陪客人说说话，去菜市场买买菜，身边还有一群好朋友陪他玩，他很知足。

我若有所思。论各方面条件，金宝在我的朋友圈中算是中下的那一类，可他活得远远比我认识的很多人都要精彩。他对生活现状很知足，却又不是盲目自信。大概，他只是比我们更清楚自己想要什么吧。

他是一个再普通不过的普通人，他知道什么是做得到的，什么是做不到的。一直以来，他只在目标范围内努力，从未好高骛远。这就是为什么他永远开心得像个傻子，我们取笑他，打击他，他却从不放在心上。

再次见到金宝，是在今年四月。我和朋友去云南玩，是金宝去客运站接的我。

两年未见，金宝胖了一圈，也黑了一圈。他招牌式的笑容挂在脸上，笑起来眼睛眯成一条线。

我问："有女朋友了吗？"

金宝说："别提我的伤心事了，我想找可是找不到啊。"话虽这么说，我却没看出他有一点伤心的样子，估计是习惯了。

我不遗余力地打击："没关系，每天吃完饭多去四方街走走，总会碰上瞎了眼的姑娘的。"

"两年没见，你的嘴巴怎么还是这么毒，不打击我你会死吗？"

"两年没见，还不允许我说实话了？"

"你什么时候给我写一本书啊，我真的要靠你给我找女朋友了。"

我想了想，大笑："如果真写了，书名就叫《等有一天你老了，谁陪你细数白发》吧？"

金宝："……"

我："哦不，也许等你老了，你只能独自数白头发了。这年头，瞎了眼的姑娘不好找啊。"

金宝无力反驳。他像以往每次跟我交谈一样，以一声叹气宣告结束。然后他提出带我去看看他的客栈。

当年香格里拉古城大火，很多人离开了那片土地。地方虽美，生活却不易。金宝具体什么时候离开的我不是很清楚，只知道他后来去丽江和朋友合伙开了客栈，日子过得还行，时而忙时而闲。

我听朋友说起过金宝的经历，这两年他遇到过不少挫折，目前虽然比较稳定，收入却不高。可即便如此，他每天没心没肺傻乐的习惯一如从前，至今未改。

于金宝而言，能在并不十分完美的生活中自得其乐，毫无疑问是件好事。毕竟这大千世界，普通人远远多于佼佼者。佼佼者们比普通人有能力，他们付出了很多我们看不到的汗水，自然而然也收获了更多，并且受到了更多的关注。可普通人的生活，一直都会很普通。

谁都渴望成为出类拔萃的人，可不是谁都有这样的能力和条件，既然如此，唯有量力而行，退而求其次，才能把生活过得更合乎时宜。

金宝大抵就是如此吧。他是个普通人，他也收获了一个普通人该有的幸福，唯一的遗憾是：他总是找不到女朋友。

11. 谢谢你，让我成为更好的自己

由生至死，我们会遇见形形色色的人。不是每个人都带着善意而来，可每个人的出现却都有着他们应该出现的理由。这是生活赐给我们最珍贵的礼物，唯有如此，我们才能在各种情绪中成长，也终有一天能够独当一面。

昨天在朋友圈看到一条招义工的帖子，我不禁莞尔，几年前的生活回忆重新被翻了出来。

这里的"义工"不是我们常说的志愿者，而是现下在年轻人群体中很流行的一种穷游方式——打工换食宿。这种旅行方式在旅游区很常见，简单来说就是，旅社老板为网上应征来的义工提供住宿和一日三餐，作为回报，义工需要干一些杂活，类似招待客人、处理订单、换洗床单等等，空闲时间则可以去周边玩。

对穷游者和旅社老板来说，这无疑是一种双赢的方式。很多大学生都会以此作为毕业旅行的便捷途径，既解决了经费问题，又能相对长期地在喜欢的地方逗留。我住在云南的那段时间认识了很多有意思的义工，扁扁就是其中一个。

扁扁比我小两岁，个子很高，初见她时她留着齐耳学生头，戴一副细边眼镜，一看就是刚从学校出来的妹子。那年夏天她在我住的客栈当义工，和她差不多同时来的还有福建女孩潇潇。扁扁和潇潇长得都很好看，不少住店的客人茶余饭后聊天都会不经意地夸赞她们一番，因而我对她们印象非常深刻。

我和扁扁正式成为朋友，是在某天晚饭后的一场小游戏时。也不知是谁来了兴致，那天客栈的老板、客人，甚至别的客栈过来串门的人全都聚在大厅玩真心话大冒险。扁扁中招后，选择了大冒险。那人也不客气，出了一个让全场哄笑的馊主意，让扁扁去挑衅坐在大厅另一侧喝茶的一对情侣。

"你走过去抓住那个男人的衣领，假装很生气地质问他'你到底要她还是要我'。"

此话一出，全场哗然。

我帮扁扁解围："不太好吧，万一人家生气，联手把扁扁打了怎么办……"

大家继续笑，有些人唯恐天下不乱地起哄，大厅里高潮迭起。

兴许是我们这边动静太大，那对情侣看出了我们是在玩游戏，所以当扁扁羞红了脸走过去"挑衅"的时候，他们善意地配合了一下。扁扁连声道谢，那羞涩的表情让人忍俊不禁。

那场游戏后，我和扁扁的接触越来越频繁。她和我认识的其他90后小姑娘不一样，她身上有种和年龄不相符的沉稳，无论看待什么问题，她总是可以做到冷静、理智。

做义工满一个月，扁扁和潇潇一起离开了，她们的下一站是大理。在她们逗留大理的那段时间，我和朋友去了附近的沙溪古镇度假，期间我们一直保持着微信联系。某天傍晚我在四方街广场看一群土耳其人练瑜伽，正看得出神，潇潇发了一条消息给我，说扁扁恋爱了，男朋友是在大理认识的。

我带着一点八卦和好奇，问潇潇："什么时候的事？她怎么这么有效率！"

潇潇说："就这几天啊，她男朋友和扁扁一样也在绍兴上学。我们一起玩认识的。"

"长得怎么样？帅不帅？他对扁扁好吗？"

"挺帅的，个子很高。他们现在很甜蜜啊，男朋友对她很好。"

扁扁的男朋友叫大生，潇潇说他对扁扁是极好的，如珠如宝，甚是疼爱，扁扁也多次羞涩地向我透露了热恋期的甜蜜。

起初我并不看好扁扁和大生的恋情，尽管我是真心祝福他们。旅途中邂逅的爱情只适合存在于浪漫的故事里，一旦回到现实，各种问题就会接踵而至。来自天南地北的两个人，若没有排除万难的决心和守护彼此的能力，往往很难走到最后。我认识太多因旅行而相爱又因现实而分开的情侣，他们并非不想跟对方在一起，只可惜，现实不是童话。

扁扁跟我聊起大生的时候，我委婉地将我的忧虑转达给了她。她宽慰我说，大生和她都在绍兴上学，他们之间不存在地域问题，而且他们有很多共同爱好，沟通起来没有任何障碍。我稍稍放心，只希望她越来越好。

在我的印象里，扁扁是个对生活充满幻想的小姑娘，她喜欢到处旅行，认识不同的人，听不同的笑声，她就像一匹热爱大自然的野马一样，无法停止奔跑的脚步，却又永远不会偏离目的。恋爱后的扁扁一如既往地保持着这份纯真，唯一的变化是：她比以前更坚强了。

爱情的力量总是能让人迅速成长，我几乎是亲眼看着扁扁一点点沉淀，成熟，就像一朵花的绽放。

云南之行是扁扁的毕业旅行，玩尽兴了，她便回到学校准备毕业论文，紧接着找工作、上班，生活有条有理。我们偶尔会联系，她的感情和工作一样，一直都很稳定。

过了七八个月，我收到了扁扁给我发的 QQ 消息，她说大生刚从西藏回来，可能要路过香格里拉，她让大生给我带了礼物。我心情大好，和她聊了许久。她还是我记忆中的那个纯真可爱的小姑娘，有宝贝的东西总忍不住想拿出来，向好友们善意地炫耀一番，男朋友自然也不例外。

大生和扁扁描述的稍稍有点不一样，真实的他看上去更踏实。我兴奋地对扁扁说，她眼光不错，大生长得很帅，很精神。而我和扁扁的那段对话，我至今记忆犹新。

扁扁说："他从西藏走了一圈回来，都不知道黑成什么样了。"

"还好啊，不是特别黑。"

"这话好勉强，肯定黑了不少。对了，他有没有带礼物给你呀？我让他一定要带礼物的，算是补偿我不能和他一起去看你吧。"

我说："有啊有啊，他给我带了藏香，我很喜欢。"

"他现在和你待在一起吗？"

"是啊，我和他正在朋友家喝茶，聊聊八卦。"

扁扁很遗憾："我也想喝茶，想跟你们聊八卦。"

"那你快来，正好我也想你了。你男朋友是个很好玩的人呢。"

"他是不是做什么丢人的事了，说出来让我开心一下。"扁扁和任何热恋中的小姑娘一样，提到男朋友就很激动，"还有还有，他要是说我的坏话，记得偷偷告诉我！"

那是一段非常愉快的记忆，我从扁扁和大生口中分别听说那段算不上有多浪漫的爱情故事，看得出大生很在乎她。我渐渐放下心中的忧虑，甚至开始期待他们的未来。

孰料，过了没多久，扁扁很失落地告诉我，他们分手了。我以为他们像其他小情侣一样，只是闹闹别扭，过一阵子就没事了，可事实并没有我想象的那么乐观。

大生是个很有想法的人，他不想和一般大学毕业生一样，找份稳定的工作然后过千篇一律朝九晚五的日子，他想拥有自己的事业。为了实现这个目标，他申请了去台湾游学深造。他这一去，便杳无音信。

那个时候的扁扁像疯了一样，她尝试用她能想到的所有方式联系大生，短信、微信、电话、邮件……均无所获。她试图安慰自己，大生只是有事情，暂时没法跟她联系。

这样的状态持续了一段时间，后来她渐渐从自欺欺人中醒悟过来：大生只是不想联系她而已。一个人若是心里有你，哪怕隔着千山万水，他依然能得到你的消息；若是他心里没有你，即便你站在他的面前，他也会视而不见。再浅显不过的道理，然而对于当局者来说，这却是个天大的谜。

关于失恋的这段过往，扁扁跟我描述得比较简单，但我知道她没有完全放弃。得不到大生的肯定回复，她是不会放弃的，我所了解的她就是这么执着的一个人。

我猜可能是为了缓解失恋的痛苦吧，扁扁随后去了贵阳，那段旅途的目的地是黔东南的千户苗寨。由于大雪封路，她在贵阳青旅多住了几天，机缘巧合认识了她现在的男朋友，她管他叫阿童木。而她和阿童木相遇的过程让我再次惊叹命运的神奇。

"那天我突然很想家，于是收拾东西离开青旅，准备回家去。可是我接到了我爸爸的电话，不知道因为什么，我们在电话里吵了一架，我一赌气又不想回去了，折回了青旅。"扁扁说，"阿童木原本也是应当在那天离开贵阳的，倒霉的他丢了手机和钱包，不得不回到青旅。我们就这样认识了，不过当时我们只是朋友。他追我，我没有答应。"

就在扁扁和阿童木一起滞留贵阳的那段时间，消失已久的大生出现了。按照剧情的发展，我以为会出现电视剧里两男争一女的狗血桥段，可惜不是。大生联系扁扁，明确地向她提出了分手，扁扁几近崩溃。

最痛苦的时候，是阿童木陪在扁扁的身边，无微不至地照顾她。他大概知道她和大生的事，也明白她心里的苦。白天，他带她去买菜，给她做饭；晚上，他带她逛夜市，吃烧烤。贵阳的小吃琳琅满目，他带她吃了个遍。等到大雪化了，他们一起去了扁扁心心念念的千户苗寨。

扁扁的心不是石头做的，阿童木对她的好她全部看在眼里，和大生相比，知冷知热的阿童木更让她觉得贴心。所谓日久生情，也许就是如此吧。他们在很多朋友的祝福下走到了一起，直到现在依然甜蜜如初。

由于各自生活的忙碌，我和扁扁联系得不算多，我知道她有了新男朋友，偶尔微信朋友圈能看到她的消息。

扁扁和阿童木热恋那阵子，我去了新疆旅行，返程时不小心在机场丢了手机，同时丢失的还有亲友们的联系方式。回到家后，我做的第一件事就是打开电脑上QQ，给联系比较密切的朋友逐一发了消息。

扁扁很快就回复我了，她说她在广州，跟阿童木在一起。

我长期脱离QQ，却不知它悄无声息地推出了一个新功能：打开对话窗，上一次聊天记录的最后几句话会显示出来。

我盯着我和扁扁的聊天窗，愣了几秒。

那条"以上是历史消息"的分界线上方，扁扁说："他要是说我的坏话，也要偷偷告诉我啊。"分界线下方，扁扁说："我和他一起在广州。"

同一个"他"字，两个不同的他。

我喉咙一紧，一股柠檬在水中泡久后才有的酸楚滋味在我的眼睛和鼻腔之间来回游走。

"怎么不说话啊？"扁扁问我。

我泛起一丝凄凉的笑："我看见我们上一次的对话……有种物是人非的感觉。"

"幸好我是手机，看不到。"显然，她也被触动了，"好啦，我们不提伤心事了。"

"嗯，不提了，都过去了。"

就在我以为这个故事会这样结束时，插曲又出现了。大生给扁扁打了电话，他说他很后悔，他希望扁扁可以回到他的身边。扁扁坚定地回答他，对不起，我们回不去了。

我也算是扁扁和大生的见证者，他们的爱情就这样夭折，我的遗憾不比他们少。然而，身为女主角的扁扁非常肯定，他和大生的故事结束了。

大约又过了半年，我去绍兴采风，见到了久未谋面的扁扁。我们约了下午茶，然后一起去了沈园——那儿留有陆游和唐琬的爱情绝唱。

在沈园，我问扁扁："你真的放下了？"

她恍惚了一下，立刻明白了我说的是大生。她点点头："嗯，放下了。"

"放下他，你用了多久？"

她故作轻松地说："十个月，正好是一个新生儿诞生的时间。"

我从她眼中看到了隐忍，我知道她说谎了，自始至终她都没能真正放下。若真像她描述得那般风轻云淡，她就不会在接到大生的电话后哭着向我倾诉，甚至因此消沉了好几天。

不舍是肯定的，但她既然做出了这样的选择，我唯有祝福。

由生至死，我们会遇见形形色色的人。不是每个人都带着善意而来，可每个人的出现却都有着他们应该出现的理由。这是生活赐

113

给我们最珍贵的礼物，唯有如此，我们才能在各种情绪中成长，也终有一天能够独当一面。

　　大生不是和扁扁相守一生的那个人，可他的出现让扁扁学会了怎样去爱一个人。和三年前相比，现在的扁扁更清楚怎样正确地对待爱情，对待生活。至于曾经的那份美好，它只适合留在回忆里。

12. 一起去喀纳斯看星星

人生总是存在着各种各样的缺憾，爱情不一定像童话一样完美，现在陪着你的人，未必能陪你一生一世。而我们，终将独自长大。

几年前，我和当时的男朋友相约，要一起去好多好多地方。世界很大，可那时我们的心更大，天南地北，黑水白山，风景之多仿佛远不足以让我们看个够。他尤其向往喀纳斯，他告诉我，秋天的喀纳斯除了天是蓝色的，水是绿色的，雪山是白色的，剩下的就是一片金黄，铺天盖地向着世界的尽头延伸……

从那以后我便对喀纳斯充满期待。我想象有一天我可以悠闲地坐在喀纳斯湖边，阳光洒在湖面上，漾起细碎的波光，我一边看雪山一边等夕阳。可惜，直到我和他分手，这个约定依然没有实现。

分手三个月后，我和几个关系不错的朋友心血来潮，开始了为期一个月的新疆之旅，那段旅途的最后一站就是喀纳斯。我已经忘了到达喀纳斯的具体时间，记忆中最清晰的画面是被阳光染成金黄色的山坡，还有山坡上一间间无序排列的小木屋。

在那个黄金时节，去喀纳斯的旅行团太多了，说人满为患一点都不过分。而且入眼的每个人都穿着一身冲锋衣、背着一个单反，不仔细看根本分不清谁是谁。我和微微沿河散步，每隔几米就能看到一堆拍照的"冲锋衣"，人来人往，熙熙攘攘，聒噪声已然掩盖了流水声。这不是我印象中美丽安静的喀纳斯，我失望极了。我和微微一致决定，先回我们住的小木屋休息一下，找个人少的时间去湖边拍照，反正我们还要在喀纳斯停留三天。

值得欣慰的是，喀纳斯的阳光很好，暖暖的，软绵绵的，像一块巨大的天鹅绒毯子盖在身上，让人忍不住想依偎着做个舒舒服服的梦。等到梦醒了，一切烦恼也就消失了。

我坐在木屋前的栏杆上，晃着双腿听歌、晒太阳。正出神，一个穿红色羽绒背心的女孩从隔壁木屋走了出来，她就是这个故事的主人公苏苏。

苏苏很自来熟地走过来跟我搭话："嗨，晒太阳呢。"

我拿下耳机，也跟她打了个招呼。

"能不能帮我个忙呀？"她微笑，"我刚才洗头，不小心把耳钉弄掉了，才打没多久的耳洞，怕堵掉。你可以帮我戴一下耳钉吗？我戴了半天都没成功。"

她朝我伸出手，银制的耳钉静静地躺在她手掌心里，折射出太阳的金光。我这才注意到，她的头发是湿的。

我指了指台阶："好啊，你坐这里，我试试看。"

我小心翼翼地将耳钉尖锐的一端放入她的耳洞，可惜耳洞实在太紧了，怎么都穿不过去。我手一抖，红色的血丝便渗了出来。

我吓得赶紧住手："不行不行，流血了，戴不进去。你疼不疼啊？"

"不疼，你再试试，用力点。"

"真的不行，我不敢，都流血了。"

苏苏叹了口气："唉，算了，只能回去重新打了。"

我仔细看了一眼她的耳洞，疑惑："你怎么只打一个耳洞啊？右边没打？"

"我妈说打耳洞会漏了福气，一直不让我打。我是来新疆之前偷偷打的，想留个纪念。"她的眼神有些落寞。

我暗自猜测，她大概遇到了感情问题，但我没好意思多问。正好一个穿黑衣服的男生把她叫走了，我以为那是她的男朋友。既然人家是跟男朋友一起出来玩的，那就应该不是感情问题吧。

后来我跟苏苏聊得熟了，她告诉我，黑衣服男生是她在旅途拼车时认识的新朋友，而她的确是因为失恋才跑到新疆来的，那个耳洞就是第一次分手的纪念。

苏苏问我："第一次分手那天，你做了什么？"

我想了想，如实回答："和几个朋友在咖啡厅开茶话会，一直聊到后半夜。我们帮一个小妹妹想办法追她的男神。"

"然后呢？"她诧异。

"然后？然后那个小妹妹就成了男神的女朋友呗。"

苏苏："……"

我："有问题吗？"

"可你不是才分手吗，你当时都不难受吗？"

"还行吧。"我笑了笑，"忙着给小姑娘解决感情问题呢，哪有时间伤春悲秋。"

其实我不是不难受，只是我的反射弧比较长。刚分手那会儿我真不觉得是什么大事，直到站在喀纳斯湖边的那一刻我才反应过来，我身边好像少了一个人，我好像是跟某某约着一块儿来的……

和我比起来，苏苏的感情要纤细得多。她说，她家住在十六楼，分手那天她在阳台站了整整两个小时，好几次想闭上眼睛咬咬牙，纵身一跃一了百了。可是她胆子太小，腿都站麻了却愣是没敢跳。

"然后我就坐在地上一直哭，哭着哭着就想通了。"

我赞许："想通了，还是命重要对吧！"

"不，我想通了，要死也得找个有意义的地方死。"

我："……"

"我刚上大学那年，他和我约定，毕业以后要一起去喀纳斯看星星。可惜毕业后我上班太忙，很少有空陪他。现在我有空了，他已经不属于我了。我想，他不能陪我实现愿望，我自己去实现也是好的，就当是对这段感情做个了断。"

所以，苏苏千里迢迢跑到新疆，最初的目的是想在喀纳斯湖结束自己的生命。

尽管我是在离开喀纳斯很久之后才知道她的计划，也知道她最终没有跳湖，可乍一听她这样说，我还是觉得脊背阵阵发凉。

世上的傻女孩儿几乎都一样，刚失恋的时候痛不欲生，看什么都觉得黯然失色，仿佛天马上要塌下来。可事实上呢，天依旧好好地悬在头顶上，不会因为任何人的离开而坍塌。

那天晚上我躺在床上翻来覆去，到后半夜都无法入睡。我恼恨自己睡觉前为什么要喝那么多水，要知道图瓦人的小木屋虽然有情怀，但是非常简陋，室内没有洗手间，想上厕所必须要去山坡上另一栋小木屋。我纠结了好久，最后还是不情不愿地从被窝里爬了出来。

9月的喀纳斯已经很冷了，夜晚气温接近零度，偶尔还会有寒风不期而至。我裹着厚厚的羊毛毯子出门，借着手机电筒的灯光一步一步爬坡。刚走到洗手间门口，门从里面被人推开了，一个黑影闯进我的视线。以前看过的种种恐怖片在那一刹那齐聚脑海，我双腿一软，吓得挪不开步子，连尖叫都忘了。

"是我是我，别怕。"那人伸手在我眼前晃了晃。

我回过神来，仔细一看，才发现站在我面前的是苏苏。

我惊魂未定地拍拍胸口："被你吓掉了半条命。你先别走，在门口等我会儿吧，我害怕。"

苏苏爽快地答应。

等我从洗手间出来，苏苏惊喜地拉拉我的手，指着天空说："你快看，哇，那么多那么多的星星！"

我一仰头，惊呆了。

　　漫天星辰闪烁着细碎而柔和的银光，不是我以前看到的那种零零散散的星星，而是一大片一大片，密密麻麻铺满了整片夜空。星光之璀璨，好似一块巨型水晶不小心被打破，碎片溅起的瞬间。

　　原先对于喀纳斯的满满失望在看到这样的星空之后消失得无影无踪，甚至我的心里带着温暖和感动。世人都渴望美，即便是在不那么如意的环境下，遇见美好的食物也会将不好的一切暂时抛开。

　　我和苏苏已然忘了寒冷，并肩坐在木屋前的台阶上看星星，聊天。

　　苏苏感慨："我从来没看过这么美的星空。你呢，以前见过吗？"

　　"我见过好几次，在云南的香格里拉，还有泸沽湖。每个地方的星空都不一样，不过都很美。"

　　聊了一会儿，苏苏就给我讲了她和她前男友的事。

　　前男友是她的师兄，比她高一届。她刚进大学那一年在社团认识了他，两人相知相恋，顺风顺水，感情好得连吵架都甚少发生。在大学同学圈子里，他们是公认的模范情侣。

　　大学毕业，苏苏从四十多个面试的人中脱颖而出，进入一家知名外企。从那以后，她每天都有堆积如山的工作，一周至少要加三天班，周末也经常出差。她的工作业绩上去了，但是有得必有失，她陪师兄的时间越来越少，因为这事他们还吵过好几次。

　　她也曾担心这样下去会影响感情，可她不想失去那份工作，好不容易争取来的机会，如果轻易放弃，将来肯定会后悔。

　　一次和师兄微信聊天，师兄发了个吐舌头的表情，她开始觉得不对劲。师兄是个比较闷的人，跟她聊天很少用表情，更别说是吐舌头这种俏皮的表情了。她留了个心眼，找机会偷偷翻了师兄的微信记录。果然，师兄有了别的女人。

　　"我问他，他马上就坦白了。那个女人是他同事，经常跟他一起出差。有一次喝醉酒，他们就……"苏苏的声音有些哽咽。

我惊讶的不是她前男友出轨，而是一个吐舌头的表情就能让她察觉到感情危机。我想起了曾在微博上看到的一个帖子，说恋爱中的女人都是福尔摩斯，除非她们故意装傻，如若不然，她们想知道任何事情都有能力翻出来。如果一个女孩子肯对她男朋友装傻，说明她是真的爱他。

苏苏说她很爱她师兄，可越是爱，她越不愿意在这种事情上委曲求全。事后师兄找过她几次，让她看在这么多年情分上原谅他，她拒绝了。她对他说，真正的爱情是容不得一粒沙子的。

可仅仅过了半个月苏苏就后悔了，失恋带来的痛苦让她无心做任何事，工作频频出岔子。每次下班回到出租房，她就把电视开到最大声，然后抱着纸巾坐在墙角哭。

凭直觉，我问苏苏："你是不是去找他了？"

苏苏点头："我给他打了个电话。我说我努力过了，但我实在放不下这段感情，我想和他重新开始。"

"他拒绝你了吧。"

"你怎么知道？"

"不然你现在就不会坐在这里跟我聊前尘往事了。"

苏苏苦笑："他当时已经跟那个女同事在一起了，可即便如此我还是忘不了他，我每天给他打电话。然后，他就把我拉黑了。"

一般来说，再傻的女人到了被前男友拉黑这一步，也该清醒了。可苏苏不是一般的傻女人，她居然亲自跑到师兄家里去找他。师兄开门看见是她，二话不说就把门关上了。她还是不死心，站在门口傻等。她想，他总要出来吃饭，总要去上班……

后来还是师兄的妈妈看不下去了，出来劝她离开。她哭着求师兄的妈妈让她进去，她只想跟师兄说几句话，可就这么一个小小的要求还是被拒绝了。

复合的希望破灭，苏苏开始用工作来麻痹自己。她主动要求加班，替同事做报表，帮经理想策划案，抢着去出差，揽各种活儿……领导越来越器重她，同事也喜欢她，再加上她业绩一直很好，不到半年就升了职。

鉴于苏苏在公司的良好表现，经理主动提出让她休假。中秋小长假加七天年假，时间足够长，她脑子里冒出的第一个地方就是新疆。于是她买了当晚的机票从北京飞乌鲁木齐，又从乌鲁木齐飞喀什。

中秋节的晚上，她在艾提尕尔清真寺前的小广场看月亮，祈祷父母身体健康，师兄毫无征兆地给她打了电话，她没有接。

她说这些的时候，我无意中侧过头，看见的却是她眼中满满的晶莹。

我完全能理解，提及往事，触及心中的伤口，她必定非常痛苦。

我试着安慰她："其实没什么啦。我前男友中秋节晚上也给我打电话了，当时我正在那拉提的空中草原和朋友们一起赏月呢。可那又怎样呢，前尘往事休要再提。过去了就让它过去吧。"

谁知她并没有抓住我这番话的重点。她问我："他给你打电话，你接了？"

我点点头："接了啊，干吗不接。我已经不喜欢他了，我不心虚，没必要逃避。"

"他跟你说了什么？"

"中秋快乐。听说你去新疆了，那边天气冷，你身体一向不好，要照顾好自己，别又生病了。"

"你怎么回答他的？"

"谢谢关心，不过这些已经不是你该操心的了。生病了我自己会找医生，也祝你中秋快乐。"

"就这样？"苏苏一脸不信，"你怎么做到的？分手才三个月，你不难受啊？"

我耸耸肩："我朋友说我是个冷情的人。"

"冷情"这个词是余毒最先用在我身上的。余毒人如其名，刀子嘴豆腐心，说起话来一针见血。每次被他吐槽，我都有种想捅他一刀的冲动。可我不得不承认，他说得很对。

余毒曾总结我的爱情观，大抵就是，爱的时候"你是电，你是光你是唯一的神话"，不爱的时候"你连呼吸都是个错"。

亦舒说过，当一个人不爱你的时候，哭闹是错，静默也是错，呼吸是错，死了也是错。

我把这句话说给苏苏听，她说："你确实挺冷情的，不过我很羡慕你，可以把你的'冷情'分一半给我吗？"

"随意，拿去用吧。"我笑了笑。

我们来自不同的地方，有缘共醉于同一片星空。而我能为她做的，也就只有这些了。

天太冷，聊了没多久我们就各自回屋睡觉了。而这段星空下的夜谈导致的直接后果就是我感冒了。

我足足睡到第二天的下午一点，要不是微微喊我起来吃中饭，我可能还会继续赖床。余毒笑话我是来喀纳斯睡大觉的，我没搭理他，慢吞吞地接了水站在台阶上刷牙，一边刷牙一边咳嗽，咳出的痰都带着血丝。

微微很担心我的身体，早在塔什库尔干的时候我就因为高原反应而感冒了，后来在那拉提又发过一次高烧。我怕她数落我，不敢告诉她昨天晚上我冒着严寒出来看星星，还帮住在隔壁的失恋女孩儿排解了郁闷。

饭后微微建议，如果我身体不舒服就在房间躺一会儿，最好别跑出去了。可我坚持想出去走走，她没办法，找了片感冒药盯着我咽下，然后陪我去了我梦寐以求的喀纳斯湖。

木屋离喀纳斯湖有一定距离，原本我们可以选择乘坐来往于景区各个站点的大巴车，不过我和微微都想走着去。微微还带了相机，她兴致极好，一路上不停地拍照。

我们沿着木栈道从河谷溯流而上，一直走到喀纳斯湖。正如我想象中的那般，阳光下的喀纳斯湖波光粼粼，如被埋在地底多年后忽然重见天日的绿宝石，耀眼夺目。

我一尝夙愿，内心犹如湍急的河水，难以言说那份激动。时隔两年，我最终没有和约定的那个人一起站在这里。可就算没有他又怎样呢？我想做的事，我一个人也能做得很好。

微微多少知道一些我的事，当我和她并肩坐在湖边，她给我讲了一个故事。

一对恋人相约一起去塞内加尔看玫瑰湖，后来由于种种原因他们分开了。再后来，女孩儿独自一人到了玫瑰湖边，她想起了昔日的恋人，对着玫瑰湖失声痛哭。

我看了微微一眼，释然而笑。

我知道她想对我说什么。

人生总是存在着各种各样的缺憾，爱情不一定像童话一样完美，现在陪着你的人，未必能陪你一生一世。而我们，终将独自长大。

我拍了一张照片发给苏苏，让她来湖边找我们玩。苏苏说她一大早就瞻仰过喀纳斯湖的风采了，她已经乘车离开，车子正绕着阿尔泰山脉前行，经过一片很美丽的牧场……

几分钟后，她给我发了一条很长的信息："谢谢你昨晚陪我聊天，我躺在床上想了很多，我真的挺羡慕你的。今天早上我在湖边看日出的时候，他给我打了个电话，我犹豫了一下还是接了，就像你说的，我又不心虚，没必要逃避。他说交了新女朋友才发现还是我好，想和我重新来过，如果我愿意，他想年底就完婚。我拒绝了。可能我真的分到了你的一半冷情吧，忽然就看透了。感情变了就是变了，勉强在一起也回不到从前，我不会再傻下去了。等哪一天我交到了新男朋友，会来向你讨祝福的。"

写到这里，我突然想起了苏苏那个跳喀纳斯湖的荒唐想法。于是我给她发了这样一条信息："有个问题我一直想问你，怕揭你伤疤所以没敢说。你当初是怎么打消跳湖寻死的念头的？"

很快，苏苏给了我答案："你知道的，我去新疆是因为他那个一起去喀纳斯看星星的约定。可是当我站在喀纳斯的星空下，我发现，没有他我一个人也可以实现梦想。既然有没有他都一样，我为什么还要为了他伤害自己？说真的，离开他之后我过得很好，现在的男朋友比他会疼人。"

她的想法和我不谋而合。的确如此，无论有没有人陪在我们身边，无论是谁陪在我们身边，我们都要学会独自长大。

13. 你的微笑，是最好的祝福

在那个人出现之前，我们都不能肯定陪伴自己一生的会是谁。爱对了，便是成长；爱错了，便要放下。

几个月前，苏白结婚了。我在她的婚礼上四处张望，企图寻找那个本该出现的身影，然而他并不在场。

我问坐在同一桌的朋友："聂峥没有来吗？"

朋友摇头："他去英国读研了，短期内不会回国。"

"他出国了？什么时候的事？"

"有一阵子了吧。苏白给他发了电子请柬，他说暂时回不来，让人帮带了礼金。"

我不知道怎么接话。聂峥没有如约出现，这对苏白来说也许是好事，但是我想，苏白心里多多少少会留有遗憾吧。

我永远不会忘记那年秋天的梅里雪山脚下，苏白站在晨光中，神情温和宛如唱诗班的少女。聂峥对她说，等有一天你嫁人了，我会送上最好的祝福。苏白说，只要你能来，就是最好的祝福。

只可惜，这么简单的祝福，他们彼此都没有等到。

我认识聂峥的时候，他还是大二的学生，在北京一所大学念古代建筑。他在北，我在南，隔着非常遥远的距离。而我之所以知道他，是因为他是广播剧圈子里极受欢迎的大神，不知有多少女孩子听了他的声音后纷纷在论坛跟帖表白，扬言要嫁给他。

那时候我跟着苏白混歪歪论坛，也算是聂峥的半个粉丝。聂峥在歪歪有自己的频道，有无数喜爱他的粉丝。每逢他有节目，苏白就会带我去捧场。我亲眼见证网上那些女孩子尖叫着等待聂峥出现，她们献花的速度让我瞠目结舌。

我惊叹："原来聂峥这么受欢迎啊。"

苏白略带自豪："那当然，那些小姑娘可迷恋他的声音了，一个个要死要活的。"

我问："包括你吗？"

苏白否认："哪有，我跟他只是朋友，非常好的朋友。"

"那他对你呢？"

"也一样啊。"

朋友们每次开苏白和聂峥的玩笑，她给出的都是这样的回答。

我自然知道他们是好朋友，他们上高中的时候就认识了，虽然没见过面，但神交已久。苏白对聂峥的熟悉程度已然等同于他的家人，凭直觉，我觉得他们的感情不一般。

上大学后，苏白和我一样，修双学位，平时上课非常忙。可只要聂峥在歪歪有活动，她就会去捧场，为此翘课也在所不惜。恰好她学设计，聂峥一有新的广播剧或翻唱歌曲出来，她就会主动要求帮忙做宣传海报。

关于苏白和聂峥的玩笑，一开就是四年。期间聂峥谈过恋爱，他从热恋到分手，苏白始终如一，和他保持着不远不近的距离，没有丝毫逾越，以至于到后来我们都习惯性默认，他们或许真的只是朋友。

在他们认识五年后的某一天，苏白忽然问我："为什么大家都喜欢开我和聂峥的玩笑？"

我没有走心，顺口回答："因为你们太亲密。"

苏白追问："真的有这么明显吗？"

我瞬间皱起眉头，思考了好久她这句话是什么意思。等我反应过来，我惊得连一句完整的话都说不出来。

"你……你不会，真的……"

苏白的脸唰一下的红了。她憋了好久才向我道出："我发现，我好像，有点喜欢他。"

我满脸不可思议："可是你都没见过他！"

"我也不知道自己是怎么了。"苏白低下了头。

我答应苏白帮她保守这个秘密，她不想让太多人知道，若是传到聂峥耳朵里，他们或许连朋友都没得做。

从我和聂峥为数不多的几次聊天中，我能感觉到他是一个非常广博的人，这个广博指的不只是眼界，还有见识，还有胸怀，仿佛他眼里装着的就是整个世界。他一开口，声音犹如放置千年的青铜器不经意间发生碰撞，袅袅的，悠远又漫长，让人不由自主宿醉在那一腔温柔之中。

我终于明白，为什么那些小姑娘仅凭他的声音就对他爱得无法自拔。我也终于明白，为什么苏白会恍然大悟，原来她一直都是喜欢聂峥的，只是这个醒悟迟来了四年。

不久之后，我和苏白计划去北京参加一场朋友聚会。聂峥得知这一消息，想尽地主之谊，请苏白吃顿饭。苏白又兴奋又紧张，去北京之前的那段日子里，她像个怀春的豆蔻少女，每天都在倒计时。

随着约定的日子临近，她却退缩了："要不还是算了吧，见了面我不知道该说什么，万一说错话破坏了他对我的印象怎么办？"

"想说什么就说什么，就当他是个普通朋友。"

"要不你陪我一起去？"

"他约的是你，我可不去。再说了，你不是不确定对他的感觉吗，或许见了面就什么问题都解决了呢？"

在我的劝说下，苏白还是去了。她回来后激动地告诉我，聂峥本人和他的声音一样，有种让人沉沦的魔力，他好像无所不知。如果说之前只是怀疑，见了面之后苏白很肯定，她是真的喜欢上聂峥了。

在后来很长的一段时间里，苏白陷入了无限的纠结中。她很想把自己的感受告诉聂峥，可是她不敢，她怕打扰这段经营多年的友情。每次跟聂峥说话她都小心翼翼，唯恐出一点纰漏，被他看出端倪。

如此坚持了几个月，苏白向我诉苦，她说她快崩溃了。

我和苏白是多年的好友，不需要她开口我也能猜到她内心所想。且不论聂峥对她是何感觉，她家里是绝不会同意她和聂峥在一起的。聂峥家在西北，他说过，毕业以后他会回到父母身边。而苏白家在南方，她是独生女，也是富二代，从小如珠如宝地被宠大，父母又怎会舍得她远嫁。

就这样，苏白又被自己的情绪困扰了几个月。直到我去了云南旅行，苏白突然知会我，她要来找我，让我陪她一阵子。我问她怎么了，她说，她忍不住向聂峥告白了。

我吃了一惊："什么时候的事？聂峥怎么说的？"

"就在昨天晚上。我在 QQ 上给他留言，他还没回我。"

"是没看到还是故意不回？"

"我也不知道。我不敢一个人待着，心里好乱。"

我说："那你来吧，散散心也好，省得胡思乱想。"

几分钟后，苏白买好了次日飞昆明的机票。

第二天我难得早起，坐上了从大理到昆明的大巴。苏白第一次独自出远门，又带着那样的情绪，我不放心，左思右想还是决定去接她。

苏白从机场大巴下来的那一刻，我差点没认出她来。几个月不见她瘦了一大圈，我才知道，原来爱情是真的可以让人"为伊消得人憔悴"。

我在大理新认识的朋友都很友好，他们听说我有朋友来，欢天喜地地搞了个烧烤晚会，为苏白接风。客栈房东的儿子是个开朗的小男生，他从家里背了个竹篓出来，悄悄告诉我，天一黑他就带我们去古城外的地里偷菜。

在那片月光下，我和苏白把风，几个男生掰玉米，摘茄子，拔韭菜，短短几分钟就装满了整整一篓。看见远处有手电筒的灯光靠近，我们像小兔子一样拼命乱窜。我无意中回头，看到苏白脸上挂着笑容。那是我接到她以后，她给我的第一个微笑。

可我想得太乐观了，苏白并没有因此打开心结。

回到客栈，我们在天台支起烧烤架，一边烧烤一边唱歌。我们头顶是一轮晕黄的圆月，良辰美景，赏心乐事，苏白却没有半分兴致。她不断地看手机，每隔一分钟就看一次，焦急地等着聂峥的回复。

我暗自猜测，聂峥一定看到了苏白的留言，他只是不知道该怎么回复。他喜不喜欢苏白我不清楚，但是他比我更了解苏白家里的情况，以他的性格，就算对苏白有好感，他也会拒绝的。

果然，当我烤熟一个玉米递给苏白时，苏白突然站起来，哭着跑下楼。在场所有人你看我我看你，傻愣住了。我跟他们解释说苏白家里出了点事，她心情不太好，然后赶紧去追苏白。

苏白一个人坐在院子的角落抹眼泪。她听到我的脚步声，头也没回，哽咽着说："聂峥回我了，他说，我们这样就挺好的，他更喜欢现在这种关系。"

聂峥说这话的意思再明显不过。

我记得苏白曾问过聂峥："你有那么多粉丝，看到一群小姑娘哭着喊着要嫁给你，是不是很有成就感？"

聂峥说："现在的小丫头太天真了，仅凭声音就说爱，对自己太不负责任。"

苏白跟她们不同，她和聂峥的的确确是因为声音而相识，可她在乎的却是聂峥这个人，要不然她也不会在四年之后才发现自己对他的感情。她是真的爱他。

那天晚上没有星星，月亮却圆得宛若银盘。我和苏白坐在石阶上聊了很多很多，她渐渐释然，但从头到尾没有松开过手机。

聂峥是她的初恋，这亦是场无疾而终的单恋，没有长情的告白，没有宠溺的关怀。可即便是一张空洞如初的白纸，她还是舍不得进行正式的道别。

我说："告诉他吧，你们会是永远的好朋友。"

苏白摇摇头。月光从云层的缝隙里漏了下来，漏到了她的脸上，我看见有泪珠子在她眼眶里打转，晶莹剔透。

忘了那天晚上我和苏白是怎么结束的对话，依稀记得她后来还是跟我上楼了，我们一起喝酒唱歌，她吃着我为她烤的玉米，微笑如六月莲灿。她或许是不想让我担心，或许是不想扫了大家的兴。可她越是这样佯装开心，我越是觉得心像被什么搅乱了一样。我亦不知，让她来云南找我是对是错。

苏白很懂得控制情绪，第二天她就好多了。我带着她到处闲逛，在大理逗留了三四天，之后我们去了丽江和香格里拉。

旅途的最后，我陪她踏上了她最期待的梅里雪山之旅。

苏白来找我的几个月前，我去过一次梅里，可惜我运气不好，太子十三峰始终躲在厚厚的云层后面，我侥幸看到了神女峰和将军峰的山尖，除此之外再无其他。

我的藏族朋友告诉我，能在梅里看到日照金山是件非常幸运的事，因为那是他们的神山，他们生来对神山充满敬畏。

车子绕着山路前行，一路上我们碰到了几次牦牛群。牦牛的脖子上都挂着硕大的铃铛，它们一边走一边发出慵懒的当当声。在它们的正前方，梅里雪山掩映在云雾缭绕之中，庄严而神圣。我抬头看了一眼，不觉整个人都安静下来，油然而生一种敬畏。

我回头看苏白，她和我一样，正安静地仰头看窗外。我想，至少在那几秒钟内，她没有在想聂峥。

我对苏白说："知道吗，梅里雪山是国内唯一一座不允许攀登的山。在藏族人心中，那是神一样的存在。主峰叫卡瓦格博，所以藏族人称他为卡瓦格博爷爷。"

我对这座神山了解得不多，仅有的一点知识也是上一次宿于青旅时，在纪录片中学到的。这家青旅每天晚上都会为游客播放一部关于梅里雪山的纪录片。这部片子平静地讲述了梅里雪山的神圣和神秘，每个试图攀登的人都会不幸葬身于雪崩。

当晚，我陪着苏白又看了一遍这部纪录片，看完后苏白有些脊背发凉。

苏白问我："那我们明天还要去登山吗？"

我说："你傻呀，梅里雪山是不允许攀登的。我们明天要去攀登雪山旁边的明永冰川，那儿有观景台，可以近距离眺望雪山全景。"

苏白还是有些担心。我安慰了她一会儿，让她早点休息，因为我们明天不仅要一大早起来等候日出，还得爬好几个小时的山。

我很感谢这部纪录片，它成功分散了苏白集中在聂峥身上的注意力。如若不然，我不能保证苏白不会一夜无眠。她的感情太敏感，太纤细，而我不可能捕捉到她的每一丝情绪变化。

半夜，我不知怎么醒了过来。月光从窗外照进房间，隔壁床却是空的。我心一紧，忙找了件羽绒服披上，开门出去找苏白。傍晚我和苏白在公路边拍照，苏白面对空荡荡的山谷说了句："只消一步，我就会去见上帝了。"

我有种毛骨悚然的后怕，当时我认为她只是随口说说，可仔细想想，我真的害怕她一时想不开做傻事。

我们住的房间外面是一个十几平方米的天台，正对着卡瓦格博的地方摆放着一张秋千。我一开门就看见苏白坐在秋千上，她背对着我，月光将她的背影投到地面上，秋千一晃一晃，她的影子也跟着摇晃。

夜幕中的卡瓦格博像个沉睡的老人，慈祥而又睿智，让人肃然起敬。

苏白见我出来，指着卡瓦格博对我说："你看，他一直都是那么神圣，面对他我甚至难过不起来。"

"那你应该感谢他。"

"是啊，我在感谢他。"

"外面冷，进去睡吧。"

"还有一个小时就天亮了，陪我坐一会儿吧，我们在这里等日出。"

我点点头。

我们并肩坐在秋千上，说着知心话，时间就这样悄无声息地过去了。当第一缕晨光落在卡瓦格博山顶时，我们不约而同地站了起来，双手合十，对着神山默默祈祷。

阳光最开始照在最高的主峰卡瓦格博上，紧接着是旁边的神女峰、将军峰……其颜色也由最初的鲜红逐渐变成暗红、橙红、橙，然后是金黄。

终于，当太子十三峰尽数笼罩在那片璀璨的金黄之下时，火红的太阳从山谷一跃而起，以不容置疑的速度破开云层，高高悬挂在卡瓦格博的正上方。阳光耀眼而不刺目，灼灼燃烧着徘徊在山间的整片云雾，像是在微笑。

那一刻，苏白仿佛一下子活了过来，我看见她眼睛里有着不一样的光芒，好像是折射的阳光，也好像是泪光。

她拿出手机给聂峥发了个信息。她说："我希望我们永远像现在这样，是最好的朋友。"

出乎她的意料，聂峥马上回复了："你会遇见你该遇见的人，未来你会很幸福。"

"等哪一天我嫁人了，你会祝福我吗？"

"会的。我会送给你最好的祝福。"

苏白看着手机屏幕，笑容灿灿若霞。然后她打了一行字："只要你能来，那就是对我最好的祝福。"

她的脸被阳光染红了半边，就连睫毛也是金黄色的。她说，世间最坚固的是友情，最脆弱的是爱情。唯有成为朋友，她才能永远都不会失去他。

我终于不再担心她，她是真的放下了。

谁说一个人一生只会爱一次呢？我们毕竟不是上帝的宠儿，不是每一次邂逅都有结果，也不是每一次付出都有回报。在那个人出现之前，我们都不能肯定陪伴自己一生的会是谁。爱对了，便是成长；爱错了，便要放下。

在婚礼上，苏白给聂峥发了一条微信。她对他说："此时此刻我是真的感到非常幸福。"

我想，聂峥若是看到了，也一定会为她高兴的。

14. 世界那么大，你想怎样去看看

　　拥有说走就走的勇气固然可贵，可更值得考虑的是有没有说走就走的底气；拥有奋不顾身的感情纵然浪漫，可更需要权衡的是有没有值得去爱的理由。

我生日那天晚上，耗子给我打了个电话，开口便是生日快乐。

我诧异："你还记得我的生日啊？"

耗子说："那当然，咱们谁跟谁啊！"

耗子平时有些口无遮拦，即便说正经话也油腔滑调，带着一股开玩笑的味道。他不是第一次跟我说称兄道弟的话了，可听到那句"咱们谁跟谁啊"，我还是有些感动。当时我正和朋友在万达闲逛，周遭人来人往，喧嚣嘈杂。恍惚间我觉得时间像是凝固了一般，眼前的景象变得有些不真实。

这么多年过去了，每次跟耗子聊天我都会有一种回到了四年前的错觉。那时候的我们不知天高地厚，倔强、任性，每个毛孔蒸发出来的汗液都夹杂着些许青春的气味。

自总角之年起，我的朋友圈一直阴盛阳衰，男性朋友屈指可数，耗子就是其中之一。他大名任昊，和他相熟的朋友喜欢叫他耗子，显得亲切。耗子性格豪爽，交友广泛，天南地北都有他交情匪浅的哥们儿。大概是他这样的性格弥补了我自身的不足，我们的友情才得以长存。

和耗子初次见面的场景，我至今记得很清楚。时间是四年前的某个晚上，地点是香格里拉某客栈的大厅。我和一帮朋友围在炉子边吃烧烤，耗子和他朋友背着足有半人高的驴友专用包进门。他走过来和我们打招呼，我扫了他一眼，象征性地问候一声，然后继续埋头狂吃。

耗子告诉我，他对我的第一印象很不好。我问他为什么，他说："就是感觉你比较冷淡，比较娇气，不好相处。"

我装傻："就因为人家长得好看，所以你潜意识觉得美女都不好相处，对吗？"

"要点脸。"

"脸是什么？能吃吗？没有那器官。"我问他，"后来呢，后来为什么又跟我玩得那么好？"

耗子脱口而出："相处久了才发现，原来你是个女神经。"

"有你这样捅人刀子的吗！"

耗子耸耸肩："事实啊。"

"好歹给我点面子啊。"

"面子？你不是没有那器官吗？"

"……"

很多人第一次见我都觉得我不好相处，耗子也是。这缘于我的性格，我在陌生人面前不爱说话，在熟悉的朋友面前就是个傻愣加话痨的综合体。有时候我会无法抑制地去想象，在那些萍水相逢的人心里，我是不是个讨厌的人呢？因而我格外珍惜和耗子的这段交情，我们能从初见时的互相看不顺眼修成现在的至交好友，实属不易。

和耗子聊天的时候，我经常感叹，要不是那次结伴包车去碧沽天池，我和他也不会那么快成为朋友。去云南之前，我并不知道香格里拉有碧沽天池这么一处不甚有名却如世外仙境的地方。朋友说，碧沽天池是陈凯歌拍电影《无极》的取景点，影片中张柏芝和张东健的海棠精舍就建在那儿，由于海拔高，漫山遍野开满小叶杜鹃和高山杜鹃，美得摄人心魂。

我禁不住诱惑，打定主意要去碧沽天池看看。然而那不是旅游的常规路线，没有通大巴，想上山只有包车这一条途径。我和朋友们商量了一下，为了减轻人均承担的费用，我们找了耗子和住客栈的另一个女孩儿拼车。

从香格里拉古城到碧沽天池路途稍远，长达四个小时的车程，路上又太无聊，我们只能聊天解闷。而缘分就是这样奇妙，聊着聊着，便从此无话不谈。

耗子有很多梦想，他喜欢四处旅行，世界之大，恨不能尽数看遍。大学时期，当我还在校园里伤春悲秋，他已经和一群朋友骑车走完了川藏线。

似乎很多喜欢户外运动的人都有着骑车去拉萨的执念。起初，我对他们这一想法非常不解，要去拉萨很简单啊，不过是一张机票的事，何必让自己这么苦这么累？甚至有不少骑行者在途中遭受日晒，经历雨淋，而后变得"面目全非"。

认识以耗子为代表的朋友们之后，我渐渐能够理解他们的想法了。这是他们的小情怀呀，就像我在新疆旅行时，外国友人不理解我为什么热衷于各类博物馆且甘之如饴一样。谁都有自己的执念，若是能一一实现，必定是件很幸福的事。而我也开始钦佩他们，从成都到拉萨，这么远的路途，能坚持骑到终点该是多么不易。

我的另一个朋友汗斯曾跟我聊起他跟耗子一起骑行川藏线的往事。他说，耗子当年的外号叫"见坡推王子"，顾名思义，就是见到上坡就下来推车，耗子因此没少被队友们打趣。川藏线上骑行的人很多，条件又相对恶劣，他们一路上吃过最奢侈的菜是番茄炒蛋，加一个蛋就得加十块钱。他们经过很多地方，见过令人惊叹的风景，也尝过一般人无法想象的苦。

每次提起骑行川藏线的事，耗子就很兴奋，他素来以此为荣，曾多次翻出当年的照片给我看，我一边看他一边解说。他有个内存很大的硬盘，里面存着他在各个地方拍摄的照片，他时不时会拿出来欣赏一番，回忆一番，经常不知不觉就看到半夜。而他翻得最多的，无非是在川藏线上保留下来的珍贵画面。

时间有不动声色的力量，让你记住一些人和事的同时，也会悄无声息地删去很多信息。那么多回忆，那么多风景，我能想起的内容十分有限。在耗子的诸多照片中，有一张留给我的印象特别深刻。他站在一片广袤的冰川之上，赤着上身，笑得十分骄傲，身上俨然留有日晒的痕迹。

我问他：“你不冷吗？”

“那个时候哪里还会在乎冷不冷。”他很兴奋，仿佛他此刻就站在冰川之上，“这里是米堆冰川，中国最美的冰川之一，在雅鲁藏布江的下游。我们骑到那儿的时候，一个个激动得扑了过去，真是太美！”

照片上的冰川寂静辽远，铺天盖地向着雪山尽头延伸，那么的广博，那么的势不可挡，仿佛下一秒她就能侵吞整片高原。她的颜色并非纯粹的雪白，是白中带蓝，断裂处蓝得格外深邃，安静地昭示着她曾作为沧海时的记忆。然而几千年的蜕变不过是历史的一眨眼，任谁也猜不透下一个轮回她会是何种模样。

我还不曾见过这般画面，她让我敬畏。也许就是千万处雄浑若此的景致，让无数渴慕自由的人蠢蠢欲动，急切地想要飞出去看看这个世界。

我问耗子最想去哪里，他说不知道，也不确定，也许某一天突然想走了，他就会迈出脚步。一如当年还是个如初生之犊的大学生，他就敢和网上认识的朋友们结伴走川藏，我想，若是哪一天他觉得自己沉淀够了，他会开始下一段说走就走的旅程。

耗子和我同年，赶在 80 后的尾巴上出生，长得却比同龄人多几分老成。某次他很郁闷地跟我抱怨："我在梅里雪山脚下碰到两个 90 后小姑娘，她们向我问路，开口居然喊叔叔！气死我了！"

我哈哈大笑："可能你当年骑行川藏线消耗了太多灵气，提前衰老了吧。"

耗子一笑了之。他就是这样，有时候嘻嘻哈哈像个长不大的孩子，有时候看问题的角度又让我不得不叹服。跟他拥有的共同经历太多太多，根本来不及细细回忆，只是与他在云南相处的那几个月至今令我怀念。

我们曾一起去古镇沙溪赶彝族歌会，虽然后来没有看成；我们也曾一起在大理古城人民路的小吃摊边从街头吃到巷尾；我们还合作烧过同一顿饭，喝过同一瓶红酒……

我心情不好无处发泄，甚至在他面前不顾形象地号啕大哭过。事后他吐槽我："从来没有哪个女的像你这样一给我打电话就哭上一个小时的，你还是第一个在我面前哭的女孩子。"

我说："就是因为把你当朋友啊，你以为我会轻易在别人面前这样哭？拜托，我可是要走高冷女神路线的！"

因为熟悉，所以无所顾忌，这是我们作为彼此四年好友的默契。

有人说过，男女之间不可能存在真正的友谊。可是对于我来说，这句话并不成立，性别差异对我们而言不是什么障碍，归根结底可能是因为我从来就没有把耗子当成男人，而他也没把我当女人吧。

大概我们身上都有着让对方信任的点，没由来地便会觉得可靠，愿意将开心或不开心之事与之分享。

我和耗子也闹过矛盾，心里一硌硬，整整两天没说话。那还是在我们去大理玩的时候，我的朋友青黎大老远过来找我玩，耗子信誓旦旦地承诺陪我们去沙溪石宝山参加民族歌会，有他这个男生在，好歹可以保障我和青黎的人身安全。

结果呢，沙溪的确是去了，可当天晚上耗子却告诉我们，歌会的时候石宝山人挤人，就跟在老家过年差不多的情形，没什么意思。青黎一听，立马就失了一半兴趣，她素来喜欢安静。我虽然被耗子打击了，但却抱着既然来了就要去见识一下的想法，毕竟我从未参加过如此盛大的民族节日。

次日清晨，我在约定的时间之前就醒了，可耗子一直睡懒觉。我当下便有些不高兴，等了许久，见他丝毫没有要起来的意思，我一赌气，跑出去沿着河边溜达了一大圈。然而等我回到客栈，耗子还在梦中会周公。我憋了一肚子气，一整天都高兴不起来。

为了弥补错过石宝山歌会的遗憾，耗子又跟我和青黎承诺，到了丽江带我们去吃一家味道很棒的烧烤。可是呢，到了丽江之后，我们住的那家客栈来了一对据说长得很漂亮的表姐妹，耗子当晚就跟表姐表妹出去玩了。我跟青黎你看我我看你，傻了，抱怨了耗子良久。

在丽江住了两日，我的气也消了一些。按照之前的约定，第三天我们要一起去香格里拉，耗子再三跟我保证，不会放我们鸽子。我和青黎姑且愿意再信他一次，把他的车票一并买了。然后……出发去客运站前一小时，客栈老板娘告诉我们，耗子头天晚上喝多了，起不来，不跟我们一起走了。

我和青黎那个气呀，简直牙痒痒，直骂耗子重色轻友，有异性没人性，有了姑娘就丢下朋友云云。耗子也由此多了一个外号——任鸽子。

我对青黎说："到了香格里拉我们都别理耗子，让他看见漂亮姑娘就腿软，让他再放我们鸽子！"

于是，接下来两天我们就真的就没跟耗子说话。女孩子多多少少有些小脾气，青黎也一样。后来也不知怎么的，某天下午跟耗子打了照面，我狠狠瞪他一眼，却再也绷不住，笑了出来。耗子放肆地取笑我："你怎么不继续端着啊！"

我放狠话："再重色轻友诅咒你找不到女朋友啊！"

"我哪有重色轻友，真不是你想的那样，那天是羊姐把我拉去喝酒了。再说你也不能诅咒我找不到女朋友啊，太狠了吧！"耗子急忙解释。羊姐就是我们住的那家客栈的老板娘，亦是耗子的旧识。

大抵朋友之间就是如此吧，不可避免会发生各种各样的误会，不可避免会互相抱怨，可一旦事情过去，不需要任何解释，一个微笑就能融化心头的隔阂。时间能积淀下彼此的信任，那些小摩擦又算得了什么呢。

到了分别的那一天，我还挺伤感的。我低着头不说话，耗子安慰我说："我跟朋友分别的时候从来不难受，因为我知道，我们很快又会见面的对吧！下次见面，说不定我已经有女朋友了呢，就不怕你们丧心病狂地秀恩爱了。"

我们确实很快就见面了，那次我和几个朋友去耗子的老家亳州找他，他激动得不行，带着我们到处吃喝。那样的画面太过熟悉，仿佛时间倒退回了在云南初识的日子。

耗子亦是我认识的最热情的朋友之一。我们到亳州的那个晚上，他带我们吃夜宵吃到后半夜；第二天一早又带我们走街串巷，继续吃吃吃；中午他爸爸请我们吃火锅，他很看得起我的酒量，给我开了瓶酒；到了晚上，他全家、表哥、阿姨，甚至年迈的外婆都出动了，在酒店开了一大桌宴席为我们这些远道而来的朋友接风。

每每回忆亳州之行，我都跟耗子感叹："在你家那几天，我无时无刻不是飘着的，醉得根本不在状态。"我丝毫没夸张，每餐必有酒，而他的家人和朋友一个个热情如火，我根本无法拒绝，再加上我酒量差，不醉才怪！

耗子很自豪地说："我们亳州可是酒乡，来这里不喝酒还能干吗？"

从此我跟耗子扬言，除非等到他结婚那天，否则我再也不踏足亳州一步，亳州人实在太热情太能喝了，要聚我们就换别的地方聚，我可不想再有一连醉五天的经历。

耗子也扬言，他会以最快的速度找个女朋友，放肆地向我炫耀一番。可惜，至今他依然在过光棍节，每每提起这事我总会取笑他。

我认识好几个跟耗子差不多的朋友，他们都对这个世界有着与生俱来的渴望，哪里都想去见识见识。其中有不少人真的这样做了，他们脚步到达的地方让我惊叹。

我以为耗子也会这样，生命不止，行走不息。但是让我感到意外的是，那一次和我们分别之后，耗子居然上班去了。在我看来他并不是一个甘于朝九晚五的人，他更应该像只苍鹰一样四处翱翔，待到览尽足够的风光，便回归家庭，娶妻生子。

我将这个疑问说给耗子听，他的回答理所当然："男人嘛，总得有个事业，不能总是在外面瞎跑，我爸妈不放心啊。"

在我们不怎么联系的那段日子，耗子曾发生过车祸，受伤不轻。我得知消息后，第一时间给他打了电话，当时接电话的是他妈妈。他妈妈向我道了谢，聊了一些他当时的情况，我依稀能听到她话语中的哭腔。

我自然清楚耗子这样一个独生子对于家庭的意义，难能可贵的是，他不像其他同年纪的人，无限放大自己的理想而忽略家人的感受。那次车祸让他成长了许多，他讲的话也总让我不自觉地去叹服。遥想曾经我还经常打击他，他说一句我反驳三句。

偶尔，我跟耗子会微信或电话联系，叙叙旧，聊聊近况。看到他安安稳稳地工作，得空就出去走走，一步步实现他看世界的梦想，我竟有些欣慰，好像我是他的家长而不是朋友似的。

现在有句很流行的话，叫作"世界那么大，我想去看看"。不知有多少人为之热血沸腾，摩拳擦掌地开始抒发自己的远大理想。可是世界那么大，要怎样去看呢？是得过且过、倾其所有，还是脚踏实地、厚积薄发？

网上流传着太多类似于用 200 元甚至更少的钱穷游一座城市的帖子，每年都有许多怀揣激情的年轻人跃跃欲试，殊不知现实远不是那么单纯。世上哪来那么多终南捷径，我们并非含着金汤匙出生的天之骄子，想要得到什么，必然也要付出同等的汗水。

多少人渴望一场说走就走的青春，一段奋不顾身的爱情，却很少有人仔细想过，拥有说走就走的勇气固然可贵，可更值得考虑的是有没有说走就走的底气；拥有奋不顾身的感情纵然浪漫，可更需要权衡的是有没有值得去爱的理由。

我很羡慕那些初生之犊不怕虎、敢于孤身四处行走的人，毕竟我没有那样的勇气。可我更倾向于像耗子那样，拥有走遍世界的梦想却不会急不可耐。生活还很漫长，若想厚积薄发，必须经得住等候，经得起沉淀。因为生活不可能允许每一个人在横冲直撞得头破血流之后，颓靡回归。

我期待，也相信耗子，终有一天他可以站在足够的高度，将大千世界尽收眼底。

15. 他曾是冰川，他曾是海洋

天下之大，没有哪两个人的认知是完全一致的，当你怀疑别人时，也许他的生活正精彩绝伦地进行着。

朋友曾经问我："如果现在可以选一个地方走长线旅行，你最想去哪里？"

我不假思索："西藏。"

"为什么想去西藏？"

"我上学的时候看过一个故事。女主角对男主角说，如果有一天她消失了，他只要站在最高的地方往下看，就一定能找到她。后来女主角车祸去世，男主角独自一人去了西藏，他想登上珠穆朗玛峰，实现当初的约定。在登山途中，他遇上暴风雪，然后……"

他抬眼，好整以暇地看着我。

我以为他觉得这个故事不吉利，不想我继续说下去。谁知他只说了三个字："说人话。"

我只好说人话："我的朋友在拉萨开户外运动俱乐部，就是我跟你提过的汗斯。他晒出来的那些照片太美了，我抵挡不住诱惑，想去看看。"

"所以你刚才说的那个故事……"

"好吧，我承认，故事是我杜撰的。"

"很好。"他扶了扶额头。

我不服输："贾宝玉都能杜撰，我怎么就不能了？"

故事虽是杜撰的，关于汗斯的一切却真实而鲜明。

而我是这样向他描述汗斯的：

汗斯是个很神奇的人，他看似其貌不扬，骨子里却有着你无法想象的力量，并且这股力量非常强大。我说我喜欢雪山，我会在雪山脚下住一段时间，看日出，看日落，拍各种漂亮的风景照；而汗斯喜欢雪山，他会计划一场紧密的登山计划，买食物，买装备，一步步把雪山踩在脚下。我说我喜欢西藏，我会存钱来一场说走就走的旅行，去布达拉宫，去大昭寺，回家后把西藏的美分享给朋友；而汗斯喜欢西藏，他就直接在西藏开了个俱乐部，走冰川雪谷，走偏峰悬崖，征服山峰后再跟朋友们继续开启新的探险旅程。

这是我跟汗斯的区别，也是汗斯与众不同的地方。

我于四年前认识汗斯，那个时候他还在香格里拉开客栈。我常笑言他是个甩手掌柜，客栈有店长和义工，他们会把一切事情处理得很好，根本不需要他去操心。较之于看店，他更喜欢骑着摩托车追风赶月，有时候他会拍一些旷野云低的照片，惹得看客们一阵惊叹。

在我的记忆里，汗斯隔三岔五就会背着单反骑着摩托车去纳帕海拍照，每每晒得满面通红才回来。纳帕海不是真正的海，而是香格里拉的一个高原湖泊。香格里拉海拔高，阳光烈，因此我很疑惑，他是天生皮肤就这么黑还是被高原的阳光侵袭成这样的。不过汗斯并不介意被晒黑，那反而像是记录他行走里程的印记，一如树木的年轮。

汗斯或许不知道，起初我是有点怵怕他的。

刚到香格里拉的那天晚上，我坐在客厅的炉子边烤火，汗斯穿一件棕色的藏族大棉袄坐在我后面的椅子上看书。他皮肤黝黑，头发有些乱，再配上民族风浓厚的大棉袄，俨然就是个本地人。

我之前听人说过，有些藏族人对游客不是很友好，所以没事最好不要跟他们走得太近。我第一次到藏区，心里多少有些忌讳，于是悄悄绕道客厅另一边，旁敲侧击地问店里的义工阿拉丁："汗斯不是藏族人吗，他为什么会取这样一个欧美人的名字？"

阿拉丁说："汗斯是汉族人啊，甘肃人，他只是被晒得有些黑而已。"

我松了一口气。

跟汗斯相处多了我才发现，他完全不像看上去那么冷酷，相反，他热情、实在、直爽、友好，是个再典型不过的西北汉子。和我们聊天的时候，他喜欢开一瓶啤酒，从天南说到地北，一开口就收不住。好似他的每一个血液细胞里都埋藏着横冲直撞的基因，他的世界很大，天马行空，无所顾忌，他所做的有些事是我想都不敢想的。

后来阿拉丁告诉我，汗斯大学没毕业就辍学出来闯荡了，我不免惊讶。我认识的朋友十有八九都是好好学习天天向上的乖孩子，在这样一个大群体中，汗斯可谓独树一帜。我有时会怀疑，他是怎么一步步走到现在的。

时间久了我又觉得，各人有各人的生活。天下之大，可没有哪两个人的认知是完全一致的，当你怀疑别人时，或许他的生活正精彩绝伦地进行着。

汗斯可能不是个传统意义上的好学生，他翘课、打架、和老师顶嘴，青少年叛逆期该干的事他一件不落，可他也有自己的梦想。上高中的时候，他就敢独自骑车环行青海湖。大学时期，他约了一帮网上认识的朋友骑行川藏线。彼时，我们或许正坐在教室里咬着笔头解一道繁琐的立体几何题，又或许趴在寝室的被窝里偷偷给心仪的人写情书。

在我们眼中，他们叛逆，自以为是；在他们眼中，我们迂腐，浅薄无知。可事实上呢，彼此的选择都没有错，有遗憾，但至少将来不会后悔。多年以后的现在，我过得很好，他也过得很好，这就是最好的证明。

没多久前，我过生日，朋友说实在不知道该送什么，那就寄几袋牦牛肉干尝尝吧。她常年生活在香格里拉，那里的牦牛肉比猪肉常见。

几天后我收到了牦牛肉干，坐在电视机前大快朵颐。吃着吃着，我突然想起了汗斯，他烤牦牛肉的手艺可谓一绝。

有一次不知是因为什么，汗斯承诺请我和阿拉丁吃饭，可过了一阵子我们都忘了这事。某天晚上我和阿拉丁缩在炉子边烤火，汗斯拿了一大锅切好的牦牛肉走到大厅，一边搅拌一边跟我们说："一直想请你们吃饭的，最近手头有些紧，下次请吧。下午去菜市场买了些肉，烤给你们尝尝。"

出于好奇，我站起来看了一眼，我以前没见过牦牛肉，天真地以为牦牛肉和牛肉是不一样的。事实上它们长得都差不多，反正我用肉眼分不清。

汗斯在厨房就已经把佐料拌进了肉里，等到阿拉丁把炉子收拾干净，他熟练地把肉一片片夹出来，放在炉子上面烤。顷刻间，整个大厅弥漫着浓郁的烤肉的香味。

我迫不及待地尝了一块，连连夸他："烤肉你也会啊，太好吃了！你还会做别的什么菜吗？"

阿拉丁说："汗斯厨艺很好，他的招牌菜是新疆大盘鸡！"

我无法相信，汗斯这样的粗犷汉子竟是厨艺高手，他总是能带给我们新的惊喜。而我更没想到的是，看书也是汗斯的爱好之一。

当我看到他的房间里整整齐齐摆满一柜子的书时，惊了半响。

汗斯每年都会花一笔钱买书，其中有历史类，有地理类，更多的是人文类。

我问他："你买这么多书，看得完吗？"

"看不完就慢慢看啊。"

"你居然喜欢看书，真是件神奇的事。"

"一直都喜欢啊。"他说。

他只是不喜欢学校老师的教学方式而已。所以他才敢胆大包天，没经过父母同意就私自决定去骑行，甚至是后来的辍学。

我差不多在同一时间认识汗斯和他那几个骑行川藏线的小伙伴的，像耗子、喧嚣、大志等等，其中有几个还是和我关系不错的朋友。他们都跟我分享过那段旅途，每个人的重点不同，每个人的风景不同。

那时的我闭门造车太久，我对他们的世界充满好奇，我根本无从想象，要靠怎样的信念才能坚持骑完全程。直到耗子推荐我去看了一个关于骑行主题的电影《转山》，我才逐渐有所体会。

就好比他们一行人中，每个成员骑行川藏线的理由都不同，可最终结果是，他们合作完成了同一个看似不太可能的任务。归根结底，不过是心中坚守的那份执念罢了。都说蝴蝶飞不过沧海，可到头来那却是一个比海燕远渡重洋更美的传说。

汗斯骑行过两次川藏线，一次是和耗子、大志这些朋友们，一次是和他的女朋友。他女朋友有个很好听的名字，叫安琦，我们都习惯喊她的别名小鱼姐。汗斯很在乎小鱼姐，以至于他们分手后，小鱼姐一度成为汗斯的软肋。有一阵子汗斯不允许任何人在他面前提小鱼姐，谁提他跟谁翻脸。

我是在小鱼姐去香格里拉看汗斯的时候认识她的，当时她刚从尼泊尔回来，给汗斯带了个手鼓。那是汗斯十分珍爱的礼物，他经常在饭后一边烤火一边给我们表演打鼓唱歌。即便后来去了拉萨，他还一直不忘提醒我帮他保管好那个手鼓，他抽空回来取。他说那是小鱼姐送给他的，不能丢。

汗斯和小鱼姐曾是朋友圈中公认的神仙眷侣。小鱼姐长得漂亮，看上去像个安静的邻家姑娘，却比很多男生更热衷于户外运动。汗斯告诉我，小鱼姐最大的梦想是登顶 K2。虽然 K2 遥不可及，但她在汗斯的陪同下成功登上了哈巴雪山。

我对小鱼姐不算了解，我曾经很崇拜她，她是我认识的第一个登顶雪山的女孩子。朋友们都觉得，没有谁比她和汗斯更适合彼此，他们不在一起简直天理难容。依稀记得汗斯刚介绍小鱼姐给我们的时候有些害羞地提过，他想和小鱼姐结婚。

可终究世事难料，晴空万里的当下，谁都不会想象下一秒会是一场瓢泼大雨。

我最后一次见小鱼姐是在兰州。我为敦煌而远行，途径西安和兰州。小鱼姐是兰州人，我坐飞机降落在兰州的那天早上，小鱼姐去机场大巴终点站接了我。后来汗斯带我们去了趟刘家峡，再从兰州坐火车返回，临行前也是小鱼姐送我。

我离开的那天，天气很不好，灰蒙蒙的，让人无端觉得不开心。我买的是傍晚的火车票，进站前几分钟小鱼姐才急匆匆赶来，而她之所以迟到，是为了赶去买兰州的特产送给我。

当时检票员一直催着进站，周围是神色匆匆的行人，我心里着急，没来得及和她好好叙旧。她在流水一般的人群中拥抱了我，说下次见。然而再也没有下次，我们至今没有再见，我也不知道她现在在做什么，过得好不好。

她和汗斯是在我离开兰州不久后分手的，没有任何征兆。我问汗斯，怎么好端端的说分就分了。汗斯说，他们两个人性格太像了，一样倔，一样不服输。后来他又觉得，可能是他不够细心，给不了她想要的。就好比她想要苹果，他费尽心思弄了个菠萝送给她，当他为自己的付出而沾沾自喜时，殊不知她根本不想要。

这样的例子太多了，谁都明白的一个道理，相爱的人未必能相守一生。就像某首歌的歌词：是情深缘浅，留一生遗憾，还是情浅缘深，一辈子怨偶。

每段感情都是一个相互磨合的过程，磨合好了皆大欢喜，白首不相离。若是磨合不好，与其勉强在一起，相互伤害，不如相忘于江湖。

在汗斯和小鱼姐的故事里，我只是个过客，就像途径北太平洋的阿拉斯加暖流，终究不是主旋律。我永远不可能明白他们心里的感受，感情的事向来如此，不足为外人道，只有相爱的双方才有资格去评判。除了替他们惋惜，我什么也做不了。

认识汗斯的朋友都看得出来，他其实舍不得跟小鱼姐分手，毕竟他不可能在正确的时间再遇见一个像小鱼姐那样与他有着同样精神世界的女孩儿，那样的契合程度，不啻灵魂伴侣。汗斯想了很久，最后他决定重新把小鱼姐追回来。

离开汗斯以后，小鱼姐独自去了拉萨，汗斯就傻乎乎地追到了拉萨，当时的他除了一股执念，一无所有。后来发生了什么我没听他提过，但结局摆在那儿，他没能追回小鱼姐，却间接成就了自己的事业——他在那儿认识了现在的合伙人，一起创立了户外探险俱乐部。

从那以后，汗斯朋友圈和微博的风格完全变了，不再是骑行、客栈、喝酒，清一色全是冰川和雪山。有时我突然心生羡慕，嚷嚷着要去拉萨找他玩，他说随时欢迎。

我问他："你这个俱乐部是做什么的啊？"

"户外啊，类似于带客人徒步登山什么的。"

汗斯说得很轻松，可我知道并不轻松。他做的都是一些专业的户外线路，比如大名鼎鼎的阿里，甚至难度系数更高的。对于这些高难度的户外运动，哪怕借我三个胆子我也不敢挑战，我只适合听他侃侃刺激的经历，再看看他拍的照片就够了。

汗斯拍摄的冰川照片很美，这在朋友圈已经是公认的了。长时间的磨砺使他成了一个合格的户外摄影师，他的一些作品曾刊登在《中国国家地理》杂志上。后来他挑出了一些自己满意的照片，印刷成了明信片，他给我们这些朋友每人寄了两本。

我收到明信片，一页页翻了过去，啧啧称奇。

冰川巍峨凛然，如亿万年前被天神累积成的白石塔；山间白雪皑皑，背景是蓝得比托帕石还纯粹的天空；河川在低温下结出了厚厚的冰面，站在上面，冰面上的影子清晰可见，那样美的景致，丝毫不亚于玻利维亚的乌尤尼盐沼，传说中的天空之境……

那样的雪山秘境，我可能永远都不会亲眼见到，所以我只能羡慕汗斯。

　　比起开客栈时的汗斯，现在的汗斯更对得起他骨子里的血性，也正是我以前常对他说的，他那与生俱来的冒险精神。

　　横冲直撞不服输是他的天性，可上帝在创造他的时候，一不小心多加了一勺柔情。就好似他拍的那些照片，明明是险峻的冰川，却总是会多出一缕柔和的背景光晕。他昭示给人不羁的人生，却抹不掉曾在感情中投入的温柔。

　　他喜欢探险，喜欢冰川，而他本人也像是一座冰川，冷峻、凌厉，有棱有角。然而，多少年以前，冰川也曾是海洋，是水，是世间最柔情的存在。

16. 愿你被岁月温柔相待

生活就是这样，看似平淡无奇，却处处充满惊喜。就像人和人一样，出人意料地相遇，出人意料地分离。

很多年前的某个深夜，童祎打电话把我从美梦中吵醒。她情绪低落地对我说："陪我去爬黄山吧。"

我虽然意外，但还是一口就应承下来了："好，你等高考完。"

可是高考刚结束，童祎就被她妈妈送去了湖北的外婆家。再后来，她去了国外念书，大学期间很少回国，每次回来也都待不多久，我和她的黄山之约一而再再而三地延后。

去年四月，几个朋友约我黄山自驾游，临行前我给童祎发了条信息。童祎回复说："拍张黄山日出的照片给我看看吧。很多年没见过了，非常怀念。"

我问："你不会触景生情，当场哭出来吧？"

"不会，没那么幼稚。"

童祎以前去过黄山，跟她的初恋一起。

她很少跟我讲她的从前，因为父母离异，她比较避讳提旧事，就算提到也是几句话带过。

她出国前一个星期，我约她出来喝下午茶，顺便给她践行。那个午后有着如同婴儿的微笑般温暖的阳光，我们靠在皮制的沙发椅背上，心都被晒得柔软了。大概是这种温柔的力量让我们都放松了警惕，童祎的话比以往任何时候都要多，她悠悠地跟我讲起了初恋的故事。

童祎上高二那年，她的爸爸妈妈离婚了。她说她一早就料到会是这个结局，多年来，爸爸妈妈的感情一直很不好，住在同一个屋檐下，见了面却比陌生人还要冷淡，离婚是迟早的事。

协议离婚前，童祎偷听到了父母的对话，妈妈说，她可以不要财产，但是她要带走童祎，爸爸二话不说答应了。童祎很难受，其实她是想跟着爸爸的。不是因为她更爱爸爸，而是她心里清楚，只有跟着爸爸，她才能经常看到她喜欢的那个人，也就是她的初恋。

"说到这里，你应该猜到我的初恋是谁了吧？"童祎笑了笑。

我的心好像被什么触碰了一下，不确定地问她："是许凯？"

她点点头。

许凯是我和童祎的共同朋友，但我和许凯的关系不算特别好，至少不如我和童祎亲密。我努力在记忆里搜索有关童祎和许凯的一切，只可惜，相关的画面很少。她喜欢许凯在我的意料之外，可仔细想想，却也在情理之中。

童祎的爸爸是大学老师，他任职的大学和我念书的大学正好在同一个高教园区，许凯是她爸爸的得意门生。

认识许凯的时候，童祎刚上高一。那时候的童祎很叛逆，讨厌跟学习有关的一切，平日里除了睡觉，她最热衷的就是泡在网上看小说。爸爸妈妈几乎磨破了嘴皮子，她依然我行我素，屡教不改。不过她成绩好，久而久之也就没人管她了。

当时许凯正在复习考研，每逢周末，童祎爸爸就会把他叫到家里来吃饭，顺便帮他辅导。许凯的老家在农村，父母都是普通职工，家里生活条件很不好，童家人对他都很照顾。童祎爸爸非常喜欢他，经常在家人面前夸他成绩好，懂礼貌，前途不可限量。

第一次见到许凯，童祎就陷入了无限的花痴当中。

说实话，我觉得许凯长得并不帅，只是人看着干净斯文，又是顶级学霸，童祎看惯了班上那群乳臭未干的小男生，再见到许凯，自然觉得他与众不同。

不过童祎那么喜欢许凯，还有一个原因。每次许凯去她家，他们四个人坐在同一张桌子吃饭，直觉告诉她，他们就是一家人。有许凯在，爸爸妈妈不再像以往那样见了面一声不吭，偶尔还会相互微笑。冷清的家里终于有了久违的温暖，那是童祎一直渴望的生活。

童祎说，那是她一生中最快乐的日子。

童祎喜欢女诗人舒婷的《致橡树》，她认为，喜欢一个人的最好方式就是成为和他同样优秀的人，与他比肩而立。

自从许凯出现在她生命中，她就像变了一个人一样，她扔掉了游戏和小说，开始发愤图强。那是她人生中第一次拥有奋斗目标。

周末大好时光，童祎爸爸看到女儿没出去玩也没有看小说打游戏，而是认认真真地背英语单词，着实吃了一惊，以为她真的开窍了。她爸爸是个老实人，不会往别处想。后来还是她妈妈看出了端倪，不过她妈妈没有刻意点破。

无论如何，对父母来说，女儿肯认真学习是好事，至于学习的初衷是什么，并没有那么重要。

我问童祎："你是怎么知道你妈妈看出你喜欢许凯的？"

童祎说："很明显啊，她经常有意无意地在我面前说，许凯身边的朋友学习成绩都很好，果然是人以群分什么什么的。有一个周末许凯没来我们家，她就一直追着我爸问，比我爸还关心。你说，这合理吗？"

都说恋爱中的人智商会升高，我无言以对。

许凯的出现使童祎的学习成绩突飞猛进。期中考试成绩一出来，她从去年的年级第二十多名一下子上升到第五名，老师们都对她刮目相看。同桌取笑她吃了兴奋剂，她坚信，许凯就是她的兴奋剂，总有一天她会赶上他的脚步。

她一直小心翼翼地经营着对许凯的暗恋，生怕被戳破。倒不是不敢让许凯知道，只是像她那样的女孩子太要强，没有变成和许凯同样优秀的人之前，她是不会主动开口的。

不过幸好，即便不是男女朋友，他们的互动依然很有画面感，就像小说中的青梅竹马。他教她做题，给她听写英语单词，有时候她会去他学校找他，两个人一起去图书馆自习。他们之间相差五岁，正是最容易产生心跳感觉的年龄差。有的时候，许凯会称呼童祎为小师妹，因为童祎是他老师的女儿，这个称呼很贴切。

童祎很喜欢许凯这样叫她，她特别向我强调：金庸的《笑傲江湖》中，令狐冲就是这样称呼岳灵珊的。我不敢点破，这个称呼其实一点都不吉利，令狐冲再喜欢岳灵珊，最后还不是和任盈盈在一起了，而岳灵珊却嫁给了并不爱她的林平之。

　　"有一次我去他们学校找他，正好他在大门口的公交车站等车，我一下公交车就看到了他。当时你也在场，不过你可能不记得了，或者根本没注意。你和姚雪也在等车，他一直站在后面偷偷盯着姚雪看。那个时候我才知道，原来他一直偷偷喜欢姚雪，就像我偷偷喜欢他一样。"童祎的声音很平静。

　　姚雪是我的学姐，她和许凯也是关系不错的朋友。如果真如童祎所说，那么许凯的感情藏得挺深，我和姚雪走得那么近，居然从未发觉许凯喜欢她。

　　我向童祎解释说："你应该知道的，姚雪她只是把许凯当朋友而已，她有男朋友。"

　　"是啊，我知道姚雪不喜欢许凯，所以我才会继续追他。"

　　察觉到许凯对姚雪的感情后，童祎第一次有了危机感，而她的胆子也慢慢变大，她从最初不动声色地暗恋许凯发展为旁敲侧击地观察许凯对她的态度。

　　期末考试结束，童祎拿了全年级第二，爸爸妈妈很开心，说要好好奖励她。她把功劳都归在许凯身上，说要不是许凯帮她补习最弱的英语，她根本不会有那么大的进步。

　　她说的确实是实话，一切都是许凯的功劳。只因为她迷恋许凯，她觉得许凯的声音是全世界最动听的，每次许凯给她讲题目她都忍不住被他吸引，偶尔心猿意马，也会马上回过神来。他说的每句话她都能牢牢记住，对她来说，他讲课比老师要生动多了。

许凯也问过童祎，期末考试进步那么大，要不要什么奖励。

他讲话的语气就像在哄小妹妹，声音软软的。童祎如沐春风，突然就越了界限，她半开玩笑半认真地对他说："我好像也不缺什么。这样好了，你就奖励我一个吻吧。"

许凯被她的话惊住了，半天不知道该怎么接话。

童祎是何等聪明的人，她立刻假装笑出声来："哈哈哈，瞧给你吓得。我逗你呢，下次记得请我吃饭。"

许凯大大地松了一口气，如卸下千斤重担。

那一刻，童祎心里有种前所未有的难受，尽管她早就知道许凯只是把她当妹妹看，可她还是觉得，既然许凯没有女朋友，她就应该去勇敢争取，万一许凯被她打动了呢？

她不知是哪来的勇气，笑着笑着，突然就开口表白了："说让你亲我是开玩笑的，但是我喜欢你是真的啊。你从来都没发现，我其实很喜欢你吗？"

许凯一下子从椅子上弹了起来，说了句"我有事先走了"，然后仓皇离去。

童祎受了挫，关起门来躲在被窝里面哭。

可这姑娘是个不到黄河不死心的主，没到最后一刻她怎么都不肯放弃。她坚持认为，她并非一厢情愿，她看得出许凯对她不是一点感觉都没有。正如令狐冲后来和任盈盈在一起了，可他永远无法从心里抹去小师妹岳灵珊的影子。

我不知道怎么评价童祎和许凯之间的关系，他们都是我的朋友，只是我对这段过往一无所知。他们瞒得太好了，要不是童祎告诉我，我可能永远不会想到。

"那后来呢？"我问她，"你和许凯在一起过吗？"

"没有。"童祎有些失望。

"他最后还是拒绝你了？"

"算是吧。"

被童祎表白之后，许凯就没有再去过她家。起初她要面子，死都不肯主动和许凯联系。过了没几天，她实在忍不住了，就去问爸爸，为什么许凯最近不来了。爸爸告诉她，学校刚放暑假，许凯回老家去了。

童祎心里空空的。许凯回老家却没跟她道别，她觉得，她那么没羞没臊地向他告白，他一定是看轻她了。

她越想就越觉得是这样，越想就越难受，难受得夜不能眠。那几天她内心几乎是崩溃的，每天精神恍惚，食不下咽。

我太了解童祎了，她性子要强，不得出个结果是怎么都不会心安的。

我说："所以你一定忍不住，电话轰炸他了吧？"

出乎我的意料，童袆摇摇头："不，我去他老家找他了。"

我目瞪口呆。

童袆当真是胆大包天，她收拾好行李，决定去安徽找许凯。至于爸爸妈妈那里，她谎称是要去同学老家玩几天。她爸爸根本没怀疑，随口答应了，还给了她一笔出行的旅费。

要不怎么说童袆胆大包天呢，她根本不了解许凯家里的任何情况，只知道他是安徽人，老家在黄山脚下的某县城。

初生牛犊的年纪，谁都会做冲动的事。

第一次独自出远门，童袆又紧张又兴奋，像探险一样。可是到了目的地，她才发觉自己中爱情的毒太深了，她没有事先和许凯联系就傻傻地跑了过来，也没有想过会出什么意外。比如，她下了火车给许凯打电话，听筒中传来的却是"对不起，您所拨打的电话已关机"。

童袆慌了，她不知道许凯家的地址，在当地也不认识其他任何人。那个县城虽然不大，但找一个人就像大海捞针一样，她一个女孩子孤身在外也不安全。

天渐渐黑了，想马上回家是不可能的，童袆垂头丧气地踢了一下脚边的石子，决定先找个地方住下来，天亮了再想办法。

一路上行人不多，童袆壮着胆子往前走，一边留意路边有没有好一点的宾馆。本来车站附近是有很多宾馆的，可是她稀里糊涂走了很远，已经找不到回去的路了。她方向感差得可以，迷路对她来说不是什么新鲜事，她又怕出现电视里那种抢钱拐卖之类的情节，一直保持着高度警惕。

走了好久，她累得不行了，脚底板一阵阵发麻。这时有人从她身边走过，那人忽然停了下来，迟疑地叫了一声她的名字。

童祎身子一颤，差点就哭了出来。

借着远处路灯的亮光，她看到许凯的脸上写满了惊讶。他肯定没有想到她会大老远地跑到这里来找他，就像她没有想到会在这里无意间碰到他一样。

我像是在听一个奇幻故事，忍不住感叹："这样也能遇上？"

童祎笑了笑："运气好啊，他家就在火车站附近，他出来给他爸爸买啤酒，我们就这样遇上了。"

生活就是这样，看似平淡无奇，却处处充满惊喜。就像人和人一样，出人意料地相遇，出人意料地分离。

许凯带童祎去了他家。他爸爸妈妈很热情，一听童祎是许凯老师的女儿，非要留她多住几天不可。童祎心想，她一个女孩子无缘无故跑到男生家里总归不好，于是谎称自己是来这里找同学的，不小心迷了路，她得早点去跟同学会和，不能久留。

童祎不知道许凯有没有猜到她在说谎，她并不想解释。他若是真对她有心，说不说都一样。

第二天，许凯带童祎去了黄山。他们坐索道上山，一路爬到山顶。童祎体力不好，许凯一路上扶着她，已然没了之前的隔阂，仿佛他们之间从来不曾出现任何不愉快的插曲，他只是她爸爸的学生，是她的朋友，甚至是哥哥。

可是在童祎心里，至少在黄山的那两天，他们亲密如彼此挚爱的恋人。

他陪她去西海看日落，次日凌晨，他们一起去排云亭看日出。他和她并肩坐在石头上，她靠在他肩膀上，静静地等候太阳出来。日出前的过程明明非常缓慢，可她却一点都不心急。也只有在天亮之前，她才可以自欺欺人地沉浸在自己的假想当中。

幸福的时光总是短暂的。顷刻间，远处天地交汇的地方像是被泼了一桶橙黄的颜料，这颜料在云层中慢慢晕染开。渐渐地，最里面的云被染成了橙色，四周的云也慢慢变成了黄色。橙色一点点扩大，黄色一点点散开。那一轮火红没有任何征兆地，突然就从云层中蹦了出来，将周遭一切渲染。

"看，太阳出来了。"许凯指着远方。

童祎依依不舍地将头从他肩膀上挪开，她微笑着："太阳终于出来了，真美啊。"

夕阳和朝阳，隔了不到12小时，但这短暂的时光在童祎的记忆中已经是永恒。

"后来呢？"我意犹未尽。

童祎说："没有后来了，到此为止。"

故事到这里戛然而止。后来，许凯考上了研究生，童祎的父母离婚，童祎和妈妈一起搬到了新家。再后来，童祎高考结束，出国，谈男朋友，分手，谈新男朋友……

她和许凯没有再见过面，而他们也像是约定好了一样，从此再没联系过对方。

我有些遗憾。可我不得不承认，这是大多数初恋该有的结局，童祎和许凯的故事不过是一个缩影。

送童祎离开之后，我非常仔细地搜索过自己的记忆，我想从那些片段中找出蛛丝马迹，想求证许凯是不是也喜欢过童祎，可惜一无所获。

然而，无论许凯有没有喜欢过童祎，这都不影响故事本身的美好。因为许凯的出现，童祎成长了，多年后她拥有了一段关于初恋的青涩回忆。

多么圆满！

情窦初开的年纪，每个人都会邂逅一段如橄榄般滋味的恋情，初嚼时苦涩，细嚼时清冽，等到将之吐掉，却又仿佛有一丝丝甘甜。

这样的滋味，一生中只有一次。

17. 并非念念不忘，只是耿耿于怀

不论多么珍贵的回忆，都不值得我们为之放弃眼前所拥有的幸福。看得见的，才是最真实的。

在我接触过的所有人中，小白是智商最高的一个。除了聪明，我找不到更合适的词语去形容他。

小白不姓白，只因为他皮肤白（至少在男生当中算白），大家就这样称呼他了。他个子很高，长得又精神又干练，身材匀称而结实，给人一种威严的感觉。因而第一眼见到他，大家都误以为他是军队出来的，包括我在内。

四年前，我在云南的一家客栈认识小白。他问我来自哪里，我说杭州。等到我问他同样的问题，他打开了一个我从未接触过的软件开始定位，然后把笔记本推过来给我看，很冷静地告诉我，他家在东经某某度，北纬某某度，某某省某某市某某区。

我愣愣地看了他好一会儿，摇摇头表示我看不懂。

我是个偏科狂，文科有多好理科就有多烂，早年学的那些理科知识在大学毕业的时候就尽数还给老师了。可是，这些对我来说复杂程度不亚于奥数难题的软件，小白操纵起来游刃有余。他是个 IT 工程师，写程序可谓信手拈来。他对计算机的熟悉程度超乎我的想象，以至于多年后的现在，碰到任何关于电脑方面的问题，我直接打电话远程求助于他，屡试不爽。

当时我和小白在同一客栈住了一段时间，渐渐就成了朋友。

小白是客栈老板的同学，我本以为他是出来度假的，结果他告诉我，他是专门辞职到云南帮同学做网络推广的。后来我又听客栈老板说，小白大学还没毕业就收到了很多大型公司的聘请，全校几千名毕业生只有他一个人有此殊荣。

然而，计算机只是小白的专业技能，他同时也是个数学高手。一道我完全看不懂的函数体，他不到两分钟就能用好几种方法求出答案。他还精通文学，我自恃书读得多，可每每跟他讨论起各类名著，他很少有接不上话的情况。

聪明的大脑再加上帅气的外形，小白无疑成了客栈所有人关注的对象，喜欢他的小姑娘很多，光我知道的就有三四个。

不过呢，时间一长我便发现了小白最大的弱点——情商低。

他的智商有多高，情商就有多低！客栈里那么多女孩子对他有意思，他一点都看不出来，还傻乎乎地以为他只是人缘好。

有个女孩儿上街买了只兔子回来，兴致勃勃地拎着兔笼跑去找他一起养，他答应了。某天晚上停电了，这个女孩儿不敢待在房间，跑上楼找他做伴，他又答应了。

经过几天的相处以及小白种种不拒绝的行为之后，女孩儿误以为小白对她有意思，张口对他表白。可他却告诉人家，他有女朋友了。女孩儿愤怒地离去，指责他负心云云。

一直到这个女孩儿离开客栈很久，我依然能听到房客中流传的关于小白是花花肠子的传闻。这事让我啼笑皆非。小白不知所以然，问我他到底错在哪里。

我数落他："你傻啊，人家对你有意思你看不出来？不然你以为她为什么要找你一起养兔子？她怎么不来找我？养兔子这事也就算了，大晚上客栈停电，房间里黑漆漆的，大家都跑客厅来了，她却独独跑到你房间找你聊天做伴，这还不够明显？你倒好，她的示好你全盘接受，完了又告诉人家你有女朋友，也难怪她把你当成负心汉！"

小白挠头思考了很久，好像有点懂了。为了向我请教，那天晚上他还特地请我吃了一顿烧烤。用他的话来说，女人的心思怎么比计算机程序还复杂！

在云南住了半个月后，小白回到了属于他的城市，重新找工作上班，开始了新的职场生活。他说他还是适合和计算机打交道，那些死东西不像女人心一样百转千回，无论有多复杂，答案却只有一个。

没几天后，小白给我打电话，火急火燎地跟我说他失恋了，女朋友要跟他分手，问我该怎么办。

我说可能是太久没见了，只是闹闹小脾气，让他哄哄她。

"玉姐那样儿可不像是在闹，我看她是铁了心要跟我分手。"

他女朋友名字里有个"玉"字，他喜欢在外人面前管他女朋友叫玉姐，谐音御姐。

我说："我又不认识你家玉姐，她要跟你分手我也没法劝她啊。"

小白："你不是写书的吗，玩文字你厉害，帮我分析分析呗。"

我无奈："大哥，我是写书的不假，可我又不是情感作家，我真帮不了你。"

不管我怎么劝说，小白死活不肯放过我，他说："再不济你也是个女的，女人的心思你比我懂，我把情况跟你说一下，你分析分析。算我求你了！"

他都把话说到这个地步了，我难以拒绝，只好答应听他诉诉苦。

从云南回去当晚，小白约了玉姐吃晚饭，本想着这么久没见，两个人吃个饭看个电影再逛逛街，找找浪漫。孰料，玉姐一来就跟他提了分手，任他怎么哄都没用。

第二天，小白给她发信息，不回，打电话，不接。

第三天，小白给她打电话，发现自己被拉黑了。

第四天，小白直接去她家找她，她避而不见。

小白发了狠，每天掐准她下班的时间，直接去她公司楼下的肯德基坐着等。奇怪的是，他竟然没有一次碰到过她。后来他才发现，为了躲他，她每天提前十分钟离开公司。

"太狠了！"小白气得牙痒痒，"你说，她为什么要这样做？有什么事不能坐下来说清楚吗？"

我摇头叹气："还不够清楚吗？人家只是想跟你分手而已，不惜一切代价跟你分手。"

"她为什么非要跟我分手不可？"

"作为一个女人，从我的直觉来看，正常情况下有两种可能。第一种，她对你的感情淡了，不喜欢你了。"

小白沮丧："那第二种呢？"

"她喜欢上别的男人了。"

"那还不如第一种呢！"

"是哪一种不重要，反正结果都一样。"

小白还是不肯死心："你刚才说的是正常情况下，那如果是不正常的情况呢？"

"这就多了。比如说，她得了绝症，不想你难受所以狠心拒绝你，其实她内心是很爱你的！再比如说，她其实不是她，有一个从古代穿越来的灵魂住进了她的身体，其实她的灵魂正在遥远的古代爱着你！再再比如说，她爹地和她妈咪离婚了，她要跟着她的妈咪移民加拿大。她不想让你放弃大好前程跟着她远渡重洋，从此和家人分隔两地，所以她只能狠心拒绝你！当然咯，你也不一定能拿到加拿大的绿卡。"

小白："……"

"以上三种情况请分别参考韩剧、穿越剧和港剧。当然，还有其他情况你可以自己脑补。"

小白："……"

我啰唆了一大堆，初衷不过是想分散他的注意力。他是至情至性之人，多年来也就认真谈过这么一次恋爱，突然间被心爱的女孩子提出分手，心里一定很难受。可谁能料想，他还真的顺着我的话想入非非了，他在脑子里过滤了无数种玉姐跟他分手的理由，完了又一一推翻。如此一来，他近半个月没睡过一次好觉。

分手事件过去两个月之后，小白再一次找到我。他很沮丧地告诉我，玉姐考上了西北某大学的研究生，她几天前出发去了西北，而他们之间除了感情，又多了一个距离的问题。

我想不好怎么接话，干脆沉默。我以为事情过去这么久，他就算没放下，好歹应该释怀了，怎料他执着的程度远远超乎我的想象。我也曾疑惑，他这么难受，究竟是因为真的太爱了，还是仅仅因为没有得到。

我身边几乎每天都上演着分分合合的戏码，以我并不怎么高明的观察能力来看，分手前期大约一个月的时间里，女人大多天天陷在痛苦中，痛哭流泪者有之，失态买醉者有之。男人大多一笑而过，潇洒面对，甚至新欢不断。然而到了后期，女人渐渐从失恋的泥淖中走出来，呼朋引伴开始了新生活，运气好的可能已经交了新男友。男人们呢？他们开始怀念前女友的好，更甚之，有的人会打扰前女友，或是想方设法将其追回。

这是我身边男女分手的基本定律，当然不排除有例外，小白就是一个例外。

一直到分手四个月左右，小白依然对玉姐念念不忘，为伊消得人憔悴。某天他问我："你说，如果我去找她，她会不会一感动就重新接受我了？"

为了能使他清醒，我不得不在他伤口上撒把盐："先不说她接不接受你吧。西北那么大，你也不知道她在哪所大学，怎么找到她是个问题。"

几分钟后，小白截了个定位图给我，那是一所大学的立体图。

"她就在这所大学。"

我吃了一惊："你怎么做到的？"

"很简单啊，她在学校用身份证办了饭卡，我知道她的身份证号，然后破了她学校的系统，搜到了她的学号和饭卡号。只要她在食堂刷饭卡，我这里就能显示她的具体位置。"

我找不出任何辩驳的话。情商不足，智商来补。在高智商的人面前，我根本无法在任何有关技术的问题上占上风，最后我只说了句"不后悔就行"。

反正被拒绝了那么多次，再多一次又何妨？等到白发苍苍时，至少不会因为年轻时没努力争取而耿耿于怀，遗憾终生。

那一次谈话后，我跟小白基本上没有进行深度交流，偶尔聊天也只是相互问候，顺便说些鸡毛蒜皮的事。我没有问过他有没有去西北找玉姐，他也再没跟我提起玉姐。

后来我听人说，小白辞职和朋友一起创业了，收益很不错，而他的重心也慢慢从感情上转移到了工作上。在接下来一整年的时间里，他没有再谈恋爱。

距离云南一别两年后，我因为工作上的事去了趟北京，在那里我再次见到了小白。我们打电话约饭局的时候，他告诉我，他交了新女朋友，两人感情很稳定。我又惊讶又高兴，嘱咐他一定要带女朋友来赴约。

比起上一次见面，小白胖了不少，身上那股子威严也消失了，取而代之的是亲切与随和。他的新女朋友叫倩倩，是个非常大气的北方女孩儿，长得也好看。我和她聊得出乎意料的投机，凭直觉，我看得出倩倩很喜欢他。

道别后，小白发信息问我，觉得他新女朋友如何。

我实话实说："我没见过玉姐，也不了解玉姐，所以你也别指望想从我这里得到我对倩倩的评价，然后拿她和玉姐比。我就一句话，这女孩儿配得上你，你好好对人家吧，别再吃着碗里的想着锅里的了，不然你会后悔终生。"

小白吃了一惊："你怎么知道我还惦记着玉姐……"

"好歹我也是个写书的，这种桥段我编了不下数十个，写起来跟玩似的。你觉得你瞒得了我？"

"哪里哪里，我就说你很聪明嘛。"小白嘻嘻哈哈地跟我扯了几句。

他告诉我他是真心喜欢倩倩，也一定会对她好。他只是偶尔会被回忆打败，想起他曾深爱却没能在一起的人。

几个月后，我收到倩倩的信息，她说她和小白准备领证了，等日期定下来就通知我，她希望我能抽空去参加他们的婚礼。

我说，一定。

这是我期望的结局，也是最美的结局。

我抱着祝福的心态等着小白给我寄请柬，谁知中途又出现一段插曲。

小白丝毫未改前几次的冒失，呼天抢地地给我发信息说，他要崩溃了，他无意中路过玉姐住的小区，无意中看到了小区门口红色的拱形气门，无意中看到拱形气门上写着玉姐的名字——她是当天的新娘。

"我也不知道我是什么感受，就是觉得很不舒服。她居然结婚了，两年来我没有收到过关于她的任何消息，现在突然有她的消息了，居然是结婚的消息！"

我眼角抽动几下，我说："大哥，我才快要崩溃了好吗！你别每次都跟我说这些啊，我对你这些前尘旧事根本不感兴趣好吗！"

小白："不是我刻意要找你说，而是我只能找你倾诉，谁让你是唯一知道我被玉姐甩了之后那些破事的人呢！"

我懒得打字，直接打电话冲他一顿吼："太多无意凑在一起就是有意，你路过前女友住的小区就不该回头看！你就是故意回头看的，你自己给自己找不自在，你活该！我要是倩倩我就甩了你，下一次你再路过前女友住的小区，你看到的红色拱形气门上写着的就是倩倩的名字。当然，新郎依然不是你！到时候心里不舒服了，你可千万别来找我诉苦，我一定会笑话死你的！"

大概是我的话说重了，小白突然陷入沉默，他挂了电话。

我以为他生我的气了，正在自责，怪自己说话太难听，他给我发了条信息："你说得对，是我太贪心，不懂得珍惜眼前人。"

我长长地松了一口气。

我其实很不喜欢掺和别人的感情问题，哪怕是最好的朋友。感情之事很难分出绝对的对和错，每个人判断感情的标准也都不同。即便是最亲密的人，也不应该根据自己的标准对他人指手画脚。

可是我对小白的感情干涉得好像有点太多了，我怕因为我一句无心的话，影响了他们的生活。而我又热切地希望他能彻底从上一段失败的感情中走出来，不枉他那么信任我，每次遇到感情问题都把心里话说给我听。

自从小白和倩倩在一起，我对他说过最多的话就是"惜取眼前人"。

不论多么珍贵的回忆，都不值得我们为之放弃眼前所拥有的幸福。看得见的，才是最真实的。

张爱玲何其睿智，她一眼就看透了世间的男子都至少爱过两个女人，一个是红玫瑰，一个是白玫瑰。娶了红玫瑰，她成了墙上的一抹蚊子血，白玫瑰依旧是"床前明月光"；娶了白玫瑰，她成了衣服上粘的一粒饭黏子，红玫瑰却是心头的朱砂痣。

很少有人愿意跳出这个爱情死胡同。

娶了白玫瑰，为何不爱她若"床前明月光"？娶了红玫瑰，为何不疼她如心头的朱砂痣？纵不能两全其美，总好过二者皆失。

我被小白的爱情故事困在了思虑的漩涡中，明知道是庸人自扰，依旧忍不住去钻这个命题逻辑。

幸好我的担心是多余的。小白最终还是从回忆中走了出来，也认清了什么才是自己想要的。一个月前他和倩倩去鼓浪屿拍了婚纱照，倩倩还专程给我寄了她在厦门为我挑选的特产，还有他们的喜帖。

回忆再好，不过是一场虚幻，哪里比得上手中实实在在握住的？他并非念念不忘，只是耿耿于怀。

而这一次，他是真的想跟她结婚了。

18. 做他心头永远的朱砂痣

不能在一起也好。不能在一起，那就永远做他心头的朱砂痣，还有夜色中的那一缕床前明月光。

写下这个标题的时候，我想起了陈奕迅《红玫瑰》中最经典的一句歌词：得不到的永远在骚动，被偏爱的都有恃无恐。这句话用来形容小语再合适不过。只是我不知道，多年以后的今天，她曾深爱的那个人在她心中的意义，依然是被偏爱的，还是仅仅只是得不到的。

那次失恋对小语打击很大，她为此耿耿于怀许久，而我也很识时务地再也没在她面前提过那个人。

大学毕业那年夏天，我有一段时间跨度很长的毕业旅行，途中我遇见了形形色色的人，但是能让我记忆清晰的并不多，除了关系很好的朋友，剩下的就是有故事的人了。我对小语算不得了解，可纵使是只言片语也足够，有些情感见证过便如感同身受一般，无须用华丽的辞藻去雕饰。

小语是属于很普通的那种女孩儿，齐耳短发，小麦色皮肤，喜欢穿运动服。我认识她的时候她还戴着牙套，笑起来她会下意识地掩住嘴巴。像她这种长相普通、性格也不突出的女孩儿，可以说满大街都是，着实不会有多招男生喜欢。但她的男朋友胡天却对她无微不至，让人看着就羡慕不已。

我第一次见到小语的时候，胡天正悉心地照顾她，那样关怀中带着小心翼翼的眼神，像极了小说里的深情男主。

不过胡天不是小言男主，他也只是个疼爱女朋友的普通男生而已，普通的长相，普通的家世，放在人群里绝对不容易留住他人的目光。而我之所以会注意到他们，不过是因为他们细微的互动让我觉得温暖罢了。

香格里拉是座高原小城，昼夜温差极大，即便是夏日最炎热的月份，夜晚骤然的降温也会让人打哆嗦。我在古城溜达了一圈，裹着披肩哆哆嗦嗦地跑回客栈，一进大门就看见胡天脱下冲锋衣披在了小语身上。他端起暖炉上的开水递给她，笑容里带着宠溺。

小语低头喝水，然后她看到了站在大门口的我。她马上招呼我过去："过来一起烤烤火吧。你怎么穿这么少，晚上外面冷，很容易感冒的。"

我没有客气，走过去坐到了她身边。她抓起我的手，惊呼："天，你的手怎么跟冰块一样？来，这个给你捂着。"她把装开水的瓷杯递给我。

我顿时觉得这个女孩儿让人很温暖，对坐在她旁边的胡天也多了一分好感，这大概就是所谓的爱屋及乌吧。

他们跟我一样，也是出来走长线旅行的。我比较懒散，只想找个风景好且安静的地方住上一段时间，感受感受气氛就足够了。而他们有明确的出行规划，离开香格里拉之后，他们的下一步是走滇藏线到拉萨，这也是很多旅行者热衷的线路。

聊到他们的爱情，小语说她和胡天属于日久生情，她是胡天第一个女朋友，胡天对她特别好，关心程度直逼她的父母。

我说："看得出来啊，他对你很好，你们也很般配。"

"是因为我们长得都很普通吧，哈哈，"小语开了个玩笑，"我在感情上不怎么主动，也很懒，基本上认准一个是一个，只要他对我好就够了。"

小语这话有些怪怪的，好奇心使然，我追问了一句，她才告诉我，胡天家在一个比较偏僻的小山村，家庭条件很不好，他也尚在无业状态。小语家则不同，虽不是大富之家，却也是生活在一线城市，家庭非常体面。她担心家人不会轻易同意她和胡天在一起。

我一向不知道该怎么安慰人，只能告诉她，船到桥头自然直，是她的怎么都不会跑掉。小语勉强露出微笑，她说但愿。

    几天之后，我和住同一客栈的朋友们一起去草原露营看星星，小语和胡天也在其中。

    胡天是个户外旅行的老手，我搭帐篷几乎试一次失败一次，最后气得不行，坐在地上发呆，他却三两下支起了足有我两倍大的帐篷。小语走过来安慰我，她招呼了胡天一声，胡天马上过来帮我把帐篷支好了。而他基本上没有一刻是闲着的，我和小语坐着聊天的同时，他忙着点炉子煮咖啡，煮好了给我们端来，自己没来得及喝一口，紧接着又热饭菜，煎荷包蛋……

    我对小语说："胡天对你真体贴，我要是有个这样的男朋友就好了。"

    "会有的。"彼时的小语完全沉浸在幸福之中，连眼神也因心情好而变得熠熠生辉。

    我被她感染，身心已然陶醉于眼前这一片草原。虽非最佳时节，风景亦不见得有多惹人流连，可我无端端就是觉得心旷神怡，这样的心情一直持续到第二天清晨。

    可能是因为不习惯睡帐篷，第二天我起了个大早。钻出帐篷的刹那我如同误入桃花源的武陵渔人，从心底生出一种豁然开朗之感。

    草原虽开阔却不似内蒙草原那般一望无垠，远处群山的轮廓清晰明了，雾霭缭绕在山间，氤氲起伏，晕出了水墨的色彩。就在距离我住的帐篷十几米远的地方，牦牛群怡然自得，系在脖子上的铃铛发出清脆的声响，如敲开晨曦的喃喃吟唱。

    我是整个露营队伍中最早起来的，在我之后钻出帐篷的是胡天。他见到我，跟我打了声招呼，又好似想起了什么，回帐篷拿了个碗出来。我问他拿碗做什么，他说去附近藏民住的小木屋打一碗酥油茶给小语喝。

他对她的好，不是那种使尽浑身解数地想让大家看到他对女朋友有多么疼爱，就像我们渴了想喝水，困了想睡觉一样，是一种与生俱来的本能。所以，尽管小语是一个普通得不能再普通的女孩儿，我依然时不时会流露出对她的艳羡。

从草原露营回来，小语和胡天就离开了香格里拉。我们在同一屋檐下相处了大约一周，时间虽短暂，但他们留给我的记忆比一般情侣要深刻得多。

当时我以为，我和他们可能不会再有见面的机会了。旅途上的来来往往如同家常便饭，今日也许见过同一道夕阳，明日就各归天涯。我从不奢望能一而再再而三地见到于旅途中结识的朋友，哪怕我们真的非常投机。

每个人都有自己的生活，我们不可能要求生活处处充满只属于旅途的梦幻和浪漫。可若是有缘再见，我必定倍加珍惜。

我没有想到，仅仅过了一周，我和小语在昆明又见面了。由于家中有事，她和胡天临时改变了行程，从香格里拉到丽江，再经大理到昆明。他们打算从昆明直接回家。

而按照我的原计划，我原本应该有很长一段自由时间可以将云南逛个遍，可那是我第一次离开家去那么远的地方，家人不放心，我不得不回家一趟。正好小语当时在昆明逗留，她听说我要去昆明转机，立刻给我打了电话，约我在昆明见面。

在陌生的地方见到熟悉的朋友，那种心情我很难准确地描述出来。当我踏进青旅大门，见到穿着一身红色冲锋衣的小语，我激动地立刻跑过去给了她一个拥抱。她显然也很开心，对着我一直笑，一口钢牙全露在外面她也没在意。这一次她没有掩住嘴巴，可我觉得她前所未有的漂亮。

我和小语拉着手叙旧，胡天就在旁边静静地看着。小语说昆明有好多好吃的，她这几天都吃胖了。然后她让胡天带路，领我们去附近的市场打包各种小吃。我们坐在青旅的天台上一边聊天一边大快朵颐，直到夜幕降临。

那一晚难得有星星，整片夜空在星星的点缀下明若琉璃。

我忍不住对他们说："不管将来发生什么，你们一定要好好的，我想看着你们结婚。"

我是真心希望他们可以携手白头。他们拥有的是生活中最实在的幸福，平淡朴实，细水长流，带给我无限的温馨和怀念。

可我怎么都不会想到，这段我曾极力看好的恋情竟有个如此不堪的收尾。

两个月后，我回到云南，继续我未完成的旅途，小语则找到了新的工作，开始有条不紊的上班生活。有一次我们在 QQ 上聊天，我说我想去泸沽湖，小语激动地告诉我："太巧了，胡天就在泸沽湖，我跟他说一声，你到了泸沽湖就去找他，我让他好好照顾你。"

我很意外："胡天没有和你一起上班去吗？他怎么又回云南来了？"

"他还没尽兴啊，想四处走走。正好他有个朋友在泸沽湖开客栈，急着找人帮忙，他就过去了。"

"那太好了，有熟人在做什么都方便，我也可以在泸沽湖多待几天。"

我和小语聊天一结束，马上有陌生人加了我的 QQ。我一看附加信息，果然是胡天。他很热情地给我介绍了从丽江到泸沽湖的行程以及游玩攻略，确定我的出发日期后，又帮我留了房间，十分贴心。

几天后，我和一个相熟的女孩儿结伴去了泸沽湖。我们在大落水村下车的时候，胡天好像已经在那儿等了很久。天气很热，他额头上全是汗珠。他一见我们，马上过来帮我们提行李。我很过意不去，却也拗不过他的好意。他说小语在电话里叮嘱了好几遍，一定要好好招待我。

巧的是，胡天刚带我们到客栈，小语就给我发了信息，问我有没有到泸沽湖。我说已经到了，胡天把我们照顾得很好，顺便夸了胡天一番。小语嘴上说那是他应该做的，却掩饰不住满心的骄傲和喜悦。

胡天朋友的客栈是一座很大的摩梭院子，出了大门就是泸沽湖。我住的是观景房，落地玻璃窗正对着湖对岸的格姆女神山，晚上躺在床上还能看见星星。我想，这一定也是胡天刻意安排的。不仅如此，托他的福，我们当晚还有幸被邀请参加了摩梭人的家宴。

摩梭人是纳西族的一个支系，他们信仰喇嘛教。我们到的那一天，正好是房东阿妈请喇嘛来家里念经的日子，她准备了一大桌好吃的供奉喇嘛师父。房东听说我们是客栈店长的朋友，很热情地邀我们一同入席。

有时我觉得奇怪，胡天明明长得略有些粗犷，可他细心得根本不像一个男人，不管是我想到的还是没想到的，他总是会提前一步帮我安排好。比如，第二天一早他跟司机定好了车，陪我们去阿夏幽谷爬山，一路上还非常有耐心地帮我们拍照。到了晚上，他让客栈的老板，也就是他的朋友，带我们去参加摩梭人的篝火晚会。第三天带我们去吃自助烧烤，晚上划船夜游泸沽湖……

素来爱睡懒觉的我每天都会在晨曦到来时起床，带着十二万分的兴致坐在湖边晒太阳。阳光下的泸沽湖波光粼粼，倒映着远处的格姆女神山。湖上白花星星点点，如散落在夜空中的星辰。胡天告诉我，那是海菜花，也是丽江餐馆的菜单上常见的一道菜，叫"水性杨花"。

那几日我们在泸沽湖玩得非常尽兴，全然忘了要离开。

临走时我一个劲地向胡天道谢，胡天很腼腆，面对我的致谢他有点不好意思。他说："我们是朋友啊，而且小语那么喜欢你。下次我去找你玩，你也好好招待我就行了。"

我保证："一定！"

不久之后，胡天果然回到了香格里拉。我们又见面了，可我却食言了。

那日我起得很早，坐在客厅的玻璃窗前写稿子。阳光透过窗户照在电脑键盘上，我十指飞快地敲着，心情也十分愉悦。写着写着，我偶然瞥见窗外一个穿冲锋衣的男人，看身形俨然就是胡天。我抑制不住激动，拼命向外面挥手。

胡天回头，露出他标志性的笑容。比起月前在泸沽湖的相见，他更黑了。他说："我就猜到你还住在这里。"

"你怎么来了也不早点跟我说，我好给你安排住处啊，你是一个人来的？我马上让人给你收拾一间舒服的房间。中午一起吃吧，想吃什么，我请你，我知道一家牦牛肉火锅可好吃了……"我越说越激动。

胡天敛住笑，他的表情有些怪："不用麻烦的，随意就好。你等我一下，我女朋友在前面店里买东西，我去喊她过来。"

"小语也来了？"我更加激动。

胡天没有回答我，只是笑了笑。我沉浸在老朋友重逢的喜悦中，没察觉有什么不对。直到他带着女朋友踏进客栈大门，我才反应过来，为什么他看上去有些不对劲。因为他旁边的女孩儿，他的女朋友，并不是小语。

我像冰冻的雪人，所有笑容僵在脸上。

胡天像是料到我会有这样的反应，他张了张嘴，话到嘴边又咽了回去。如此反复好几次，他才鼓起勇气向我介绍，那是他的女朋友，清清。

我仔细打量了清清一眼。她很瘦，长头发，齐刘海，长得不算漂亮但十分清秀，戴一副黑边眼镜，看样子像是才毕业的学生。平心而论，她比小语漂亮，可先入为主的思维让我对她生不出任何好感。

我念着胡天的好，照原计划给他们安排了住处，也请他们吃了饭。客栈老板和店里帮忙的几个朋友都一起去过草原露过营，和胡天也认识。所以即便没有我的热情款待，胡天还是可以在这里玩得很好。

我心里不是滋味，忍了两天才找到一个机会问小语："你跟胡天怎么回事？分手了？"

我正想着这样问是不是太直接了，小语已经回了信息："他不真诚，我以后都不想再提他了。"

我亦是个敏感的人，轻易就能捕捉到她说这句话时的情绪，我猜她应该很抵触这段失败的恋情。

可是隔了一会儿，小语问我："听说他回香格里拉了，是不是带着新女朋友去的？"

　　我犹豫要不要跟她说实话，考虑了一番，还是决定据实相告。她有知道的权利，就算我不说，她也会从别人那儿得知。

　　这一次她没有再问，表现得也很平淡。

　　从那以后，我们的对话中再没出现过胡天这个名字。小语一向乐观，我以为她只是需要一点时间，不久便可以放下，寻找真正爱她的那个人。可事实并没有我想象的那么一帆风顺，我曾无意中点开她的空间日志，几乎每一篇的字里行间全是在回忆胡天，这样的回忆持续了两年之久。而我除了安静地看着，别无他法。

　　我从朋友那儿得知，清清的确刚大学毕业，她去泸沽湖胡天工作的客栈当义工，两人朝夕相处，日久生情，胡天便向小语提出了分手，他和清清在一起的时间还不长。

　　我不敢再去问小语这件事，怕触及她的伤口。

　　我感谢胡天曾对我的照顾，可我对他的好感已经变质，更没法喜欢清清。

　　胡天和清清在香格里拉的那段日子，我跟他们抬头不见低头见，避无可避，我只能做到保持言语上的礼貌。

　　清清和小语是两种完全不同的女孩，小语不会说什么好听的话，但朴实纯真，总能让人觉得暖心。清清则能说会道，处事圆滑周到，刚和她接触的人一般不会不喜欢她。她和客栈其他人处得都很好，唯独对我保持着合理的距离，我不知道是不是因为她知道了胡天和小语的事。

　　胡天回香格里拉的目的是想和朋友一起去登哈巴雪山。他启程去哈巴雪山的那天，清清已经回家了。和胡天同去登山的朋友给我看过一段视频，镜头中，胡天用石头在雪地里摆出"清清我爱你"

五个字，然后他对着山崖大声喊着：清清，我爱你，我很爱你……一声一声，夹杂着风雪声回荡在山里，余音袅袅，经久不息。

所有看过这段视频的人都感叹好浪漫，只有我心里不是滋味。就在一个多月前，在昆明的星空下，我亲眼看见他拉着小语的手说过同样的话。他对她承诺，此生不离不弃，除非有一天她不要他了。

我失去了判断能力，也许胡天是真的爱上了清清，就像他曾经是真的很爱小语一样，不然我无法解释我亲眼所见的一切。

我是个不会轻易爱，更不会轻易说爱的人，可未必所有人都像我一样。爱情从来都不是一场等价交换，赠他满腹相思，换来的也许只是空欢喜。偏偏几家欢乐几家愁，悲剧收场的比比皆是，执手到老的童话也层出不穷。

在时间的年轮里，不断地有人倾其所有，只为博得一场永恒的爱情。若能以我心换你心，那就再好不过。可这世上的阴错阳差太多，在一起的人未必是最爱的人，未必是最正确的人，也未必是最合适的人，情深缘浅和情浅缘深，有时仅仅是一念之差。

所以，不能在一起也好。不能在一起，那就永远做他心头的朱砂痣，还有窗前的那一缕床前明月光。

19. 我们还能不能回到过去

每个女孩子都似这般，一辈子只傻一次。她傻的时候你不珍惜，等到她变聪明了，那就不一样了。哪怕还能在一起，依旧是不一样了。

遇见 Colin 那日，我第一次踏足丽江的酒吧。

我喜欢丽江，喜欢她的天净云低，喜欢她的恣意随性，喜欢她安静地在雪山下一眼万年。可我实在太讨厌她的喧闹，只要走进古城稍微不那么偏远的巷子，飘在耳边的永远是一阵又一阵雷同的音乐，以及店铺老板和客人讨价还价的声音，用三个字总结就是：太浮躁。

所以我从来不进丽江的酒吧，尽管我已经多次邂逅这座城市。可以说，丽江的酒吧是个比商业街更闹腾的存在，那里有不断劝你进去喝几杯的酒托，还有抱着不纯粹的目的胡乱搭讪的男男女女。

可是那一天我的心情实在是糟透了，我魂不守舍地在古城的巷子里乱窜，不知重复走了多少原路，可我浑然未觉。等我意识稍微清醒一些的时候，天已经黑了，而我正站在一家酒吧的门口。

那是一间不算大的酒吧，非常喧闹，音乐声、喝彩声此起彼伏。酒吧门口是一条小溪，还有很多开着鲜花的植物。小溪安静地流淌着，鲜花安静地绽放着。一静一闹，对比是那样鲜明。

酒吧里五彩的灯光闪闪烁烁，伴随着乐队节奏感十足的演奏，还有主唱歌手谜一样深远的磁性嗓门。歌声虽动听，气氛却令我厌烦。而我之所以会在那一刻走进去，完全是因为那个歌手唱的是我非常喜欢的一首英文歌。

唱歌的人正是 Colin，一个中德混血帅哥，也是这家酒吧最受欢迎的"头牌"。

当然，彼时我还不认识 Colin，只是偶尔一抬头看见台上的他，觉得这外国人长得挺帅，深眼窝，高鼻梁，下巴周围是一片性感的短胡茬儿。他弹着吉他，唱得甚是投入，眼角眉梢全是深情。台下的客人，尤其是女客人们，疯狂地挥手尖叫。坐在最前排穿波西米亚大长裙的两个女孩儿双眼就像长在了 Colin 身上一样，就差没有冒粉色爱心泡泡了。

我事不关己地扫了一眼，默默地走到角落找了一个位置坐下来。马上有热情的女服务员走过来为我点单，她向我推荐调酒师的招牌鸡尾酒，我摆摆手，说只要一杯橙汁。

女服务员没有放弃，继续卖力地向我推荐："小姐如果不喜欢喝酒的话，可以为自己点首歌呀。"她指了指台上的 Colin，"这是我们酒吧最受欢迎的驻唱歌手 Colin，他有一半德国血统，不仅长得帅，唱歌也唱得很好呢，很多客人是专程为了他而来的。"

我知道拒绝只会换来更热情的劝说，于是微笑道："嗯，是挺帅的。我想想，有需要再叫你吧。"

女服务员这才肯放过我，眼睛里带着一丝不屑。

这时 Colin 已经唱完那首英文歌，他从台上走下来，绕过一众热情的女客人们，径直走到我面前，毫不客气地在我对面坐下："你不来点什么吗？"

我摇摇头，没有说话。

他又问："你一个人来这种地方？"

这下我没有给他面子，直截了当地说："你是酒托吗？对不起啊，我酒精过敏。"

Colin 哈哈大笑，他回头，指了几桌女客人给我看："我要是酒托的话，我去找她们，还有她们，随随便便就能卖掉好几箱，提成够我赚好多了，我至于坐在这里看你的脸色？"

他的中文说得很好，特别溜。我才想起适才女服务员说过，他是中德混血，想必在中国待了不短的时间。不过他身上东方人的特点并不明显，如果一定要说有，可能是黑色的头发还有眉宇间的儒雅吧，外国男人一般都比较粗犷，纯粹的粗犷。

我心头聚着一团阴霾，没有心情说任何话。我慵懒地抬头看了他一眼，对他开了个玩笑："这么说，你现在坐在这里看我的脸色，其实是不怀好意，对吧？"

Colin 的表情立马变了，他说："你只是个小姑娘，我要是不怀好意也不找你啊，我喜欢成熟妩媚的。"说完他又哈哈大笑，然后解释说，"跟你开玩笑的，我有女朋友。"

我正讪讪地不知如何接话，他指了指刚进酒吧大门的一个穿白裙子的女孩："看，那就是我的女朋友，漂亮吧？"

酒吧的灯光忽明忽暗，明灭不定。在一片光怪陆离中，一道黄晕打在那个女孩子脸上。静女其姝，确实是个美人。

我一向自负，很少愿意主动夸其他女孩子长得漂亮，可我不得不承认，Colin 的女朋友让我眼前一亮。她的美不是那种带着侵略性的妩媚，让人第一眼就不喜欢。她的美很柔和，就像贾宝玉所说的，一看就是水做的女人，而且是纯净水。

我被眼前的美人惊艳到了，呆呆地盯着她看，丝毫没注意有人走到了我的桌前。Colin 推了推我，我才发现，桌子上多了一杯橙汁，还有一份薯条。可是我并没有点薯条。

"这是送给你的。"Colin 站了起来，"我得去陪我女朋友了。喝完橙汁就赶紧回去吧，你不应该独自一个人来这种地方的，长得漂亮不安全，会被坏人搭讪的，小姑娘。"

直到 Colin 转身离开，我才感觉到，聚集在我心口的不再是一团又一团的阴霾，相反，我觉得很温暖。看来是我误解他了，他不是酒托，更没有对我起什么歹心，他只是纯粹担心我一个女孩子大晚上待在这种闹腾的酒吧不安全。

至此，我对 Colin 和他那个美丽的女朋友多了一分好奇。Colin 看上去已经不年轻了，至少有三十出头，可那个白裙女孩儿最多二十四五岁。据说，很多在大理、丽江酒吧驻唱的歌手都是有故事的人，尤其是长得帅的歌手。Colin 或许就是其中之一。

Colin 一回到台前，女客人们立刻恢复了最初的热情，她们毫无顾忌地拥上前和他搭讪，端着酒杯向他敬酒，那两个穿波西米亚大长裙的女孩儿甚至直接贴到了他的胸前，各种调笑。

我看得直皱眉。帅哥一向如此，魅力大，受欢迎。

然而令我诧异的是，在 Colin 应付女客人的同时，他的女朋友全程安静地坐在一边，不说话，脸上也没什么表情，她只是默默地看着。等到他应酬完毕走到她身边，她才像个正常的女朋友一样，递了瓶水给他，又温柔地帮他整了整衬衫的领子。

酒吧实在太喧闹了，他们说什么我一句都没听清，只看到两张嘴巴张合着。临了，女孩子摸了摸 Colin 下巴上的胡茬儿，转身走出酒吧大门。Colin 则重新回到台上，继续唱他的歌。

我被这戏剧性的一幕吸引，职业病发作，忍不住揣测他们之间到底发生了什么。他们显然不是吵架的怨偶，也不像已婚夫妻，更不像热恋中的情侣。我总觉得白裙女孩儿看 Colin 的眼神很奇怪，好像少了点什么，可我又说服不了自己，到底哪里出了问题。

过了好久好久，Colin 已经结束他今晚的演唱，我依然坐在角落发呆。

他收起他的吉他，走过来问我："你怎么还不走？丽江古城可不适合你这样的女孩儿独自走夜路，你不怕碰到醉鬼吗？"

我答非所问："刚才那个真的是你女朋友？"

"当然。我骗你做什么？"

"她好像不怎么喜欢你啊。如果我很爱我的男朋友，而他又被一群女人这样簇拥着搭讪，我肯定不会事不关己地在一边坐着。"

Colin 着实愣住了。他收敛起眼中假装出来的轻佻的笑意，很认真地回答我："她很爱我，只是不信任我了。"

我神情一滞，问："为什么？"

他拨弄着手中的吉他，轻笑："我是唱歌的呀，又不是讲故事的。不过你挺好玩的，我们可以交个朋友。今天太晚了，我得回去找玥玥了，下次如果再碰见的话，我就把我和玥玥的故事说给你听。"

玥玥就是那个白裙美人，Colin 的女朋友。

好奇心使然，第二天我吃完晚饭就去了 Colin 唱歌的酒吧。

丽江天黑得晚，下午七点太阳还没落山，酒吧自然也就没有到正常营业的时间。走进门，一眼望去，只有零零散散几个客人。

我挑了个窗边的位置坐着，空气比较好，还能看外面的风景。

女服务员很快走到我旁边，她似乎认出了我，意味深长地笑了笑，问："今天来点什么？橙汁？"

我摇头："苏打水。"

她收起酒水单，悻悻离去，脸上依然是那种不屑的笑。

我想，她大概以为我是个被 Colin 的皮相所迷而频频光顾又不肯花钱的花痴女吧。

过了一会儿，Colin 背着他的吉他走进门，我站起来向他打招呼。

"你还真的来了？"他有些意外。

我冲他笑笑，招手喊刚才那个女服务员："美女，来一箱啤酒。"

Colin 惊讶："你能喝这么多？"

我摇摇中指："给你点的，我请你。顺便让你赚点提成。你要是喝不完，可以打电话叫你女朋友一起来喝呀，她很漂亮，我喜欢和美女交朋友。"

"她不喝酒，还是我来吧。你要是真想和她交朋友，下次我可以介绍她给你认识。"

女服务员笑得像朵花儿一样飘过来，热情得那叫一个似火。她眼神不断地在我和 Colin 之间游走，估计更加肯定我是来泡他们酒吧"头牌"的了。我也不想解释，反正我不认识她，她爱怎么想就怎么想吧。

我拿起子开了一瓶啤酒递给 Colin："挺无聊的，我们聊聊天？"

"聊什么？"

"就说说你和玥玥吧。"

"你好像对我和玥玥的事很感兴趣？"

我心忽然一紧，情绪也跟着降到了冰点。我强颜欢笑："只是觉得她跟我很像。"

因为 Colin 那句"她很爱我，只是不信任我了"，我忽然想明白，玥玥看 Colin 的眼神到底哪里不对了。她或许和我是一样的，一样为感情所羁绊，又一样突然置身事外。这也是我这么想知道他们的故事的原因，我本不是爱多管闲事的人。

感性的人都这样，喜欢从相似的人身上找寻相似的过往，然后欣慰地告诉自己，看，你不是一个人，你并不孤独。现在想来，那不过是自欺欺人的表现。然而当时的我内心太寂寞，寂寞得自欺欺人而不自知。

Colin 的父亲是德国人，母亲是成都人，他从小生活在成都，难怪他地道的中文里夹杂着四川口音。

在来丽江驻场之前，Colin 在成都有着收入不低的工作。某天他突发奇想，辞了工作，和发小一起开了辆吉普离开了成都，准备自驾游西藏和新疆。可他最终没去成新疆，而是从西藏直接来了云南。促使他改变出游计划的人，正是他的女朋友玥玥。

Colin 是在西藏的林芝遇见玥玥的。当时玥玥戴了一顶宽边大草帽，穿了一件白色连衣裙，还拖了一个行李箱。她站在路口拦车，看到 Colin 的吉普，激动地连连挥手。开车的是 Colin 的发小阿聪，他见玥玥长得漂亮就停了下来，而他们原计划路上不搭载客人的。

果然，漂亮的女人就是受欢迎。

Colin 从车窗探出头问她有什么事。

玥玥有些不好意思，她咬了咬嘴唇，问他是不是去拉萨，如果是，能不能带她一段。说完她又拼命解释，她不是想免费蹭车，她可以给他们钱。

Colin 见她面红耳赤的样子就笑了，打开车门邀请她上车，没有收她钱。他看玥玥的穿着打扮一点都不像是要去拉萨，反而像是要去海岛度假，再看她的举手投足，俨然受过良好的教育。

他想，这个女孩子一定不经常出门，至少不经常一个人出门。去拉萨的女孩子基本上都是一身冲锋衣加一个背包的打扮，哪有穿成这样子的。

他看得出来，从上车那一刻起，玥玥就一直保持着高度警惕。他和玥玥一起坐在后排，玥玥尽量避开他往旁边坐，低着头不说话。

他偷偷看她，越看越觉得她漂亮。他不是没有见过漂亮女孩儿，可是像玥玥这般美得安静又温婉的，他倒是真的头一次见。

他想活跃活跃气氛，于是试着跟玥玥搭话。许是他看起来不像坏人，说话也幽默，玥玥渐渐放松了警惕，跟他聊了起来。

如他所料，玥玥果然是第一次独自出远门。她原本是打算和闺密一起去西藏的，她们坐飞机抵达成都，准备坐汽车走川藏线，感受沿途的风景。孰料，她们刚到成都的时候，闺密的爷爷病重去世，不得不赶回家。而她不想放弃计划已久的旅行，只得硬着头皮一个人按原计划继续上路。

在从然乌到拉萨的长途卧铺汽车上，玥玥受不了车厢内难闻的气味，几度想呕吐，她只好在林芝下车，休息了两天。

Colin 说："你这么冒失在路上随便拦车，不怕遇到坏人吗？幸好我们不是坏人，不然你就危险了。"

玥玥红了脸："我没考虑那么多啊。从这里去拉萨都是乘长途车，气味太难闻了。我在青旅认识的一个朋友告诉我，路上可以拦车，我就想试试运气。"

Colin 猜，玥玥一定是个从小被保护得很好的娇小姐，不过她是什么人都不妨碍他对她的着迷。一路同行，他越来越喜欢她。到了她的终点站拉萨时，他下定决心，无论如何一定要追到她。

玥玥想在拉萨多住一段日子，Colin 就果断放弃了去新疆的计划，抛弃了可怜的阿聪，陪玥玥在拉萨的一家客栈住了下来。那阵子他们几乎天天待在一起，一起喝他们并不怎么喜欢的酥油茶，一起去大昭寺烧香，一起去布达拉宫前面拍照……他给她拍了好多好看的照片。

经过一段时间的相处，玥玥对 Colin 也产生了好感。这也是必然，Colin 长得帅，幽默风趣，被他追求的女孩子应该很少有能拒绝他的。理所当然，他们就这样在一起了。

离开西藏之后，玥玥想去云南，Colin 就陪她飞到了昆明，从昆明一路玩到丽江。而后他们爱上了丽江，决定在丽江住下来。

期间玥玥回了一趟家，她得到家人的经济支持，在丽江开了一家卖小手工艺品的店，以此谋生。Colin 则凭借自己的一技之长，在酒吧找到了驻场的工作，收入不菲。

可酒吧毕竟是声色之地，诱惑太大。每天被 Colin 迷住的女孩子太多，即便 Colin 不动心思，她们也会主动拥上来。玥玥每次在酒吧看到男朋友被莺莺燕燕包围的场景都会气得火冒三丈，一回到住处她就跟他吵架。

这样的争吵从他去酒吧工作开始就没停过，无休无止，愈演愈烈。

玥玥提出让 Colin 换一份工作，Colin 觉得这份工作收入高，他不想靠玥玥养活自己，并且他跟酒吧签的合同还有很长一段时间才到期。他向玥玥保证，合同期一到他就换工作。玥玥将信将疑，最终还是随了他，但他们的争吵并没有因此而终止。

曾有一段时间，Colin 甚至觉得玥玥越来越不可爱了，她不再是初见时清纯的小女孩儿，跟他吵架的时候她是那么的蛮不讲理，俨然是个坏脾气的刁蛮小姐。

那天和玥玥吵完架，Colin 心情很糟，他在酒吧和热情搭讪的女客人多喝了几杯。喝多后他完全不记得自己做了什么，第二天早上醒来他才发现自己在一个陌生的地方，躺在他身边的女孩儿也不是玥玥。

他如遭雷击，一看手机，十几个未接来电全是玥玥打来的。他知道要出事了，风风火火赶回家。

男朋友彻夜未归，手机没人接，玥玥去酒吧一问，轻易就知道了头一天晚上发生了什么。再加上她在他皮带扣上找到的几根棕色的长卷发，她的心瞬间死了——她是黑色的长直发。

她懒得征求他的同意，果断地宣布分手，任他怎么哄她求她都没用。她搬去了朋友的客栈住，然后在很短的时间内把店铺转了出去，收拾行李离开了丽江。

这一切发生得突然且迅速，Colin 根本来不及思考，等他意识到已经失去她的时候，已经太晚了。

没了玥玥的家里空空荡荡，冷冷清清，再不复往日的欢声笑语。失去她以后他才发现他有多爱她，他有多渴望她能够回来，哪怕她天天跟他吵架也无所谓，他愿意一辈子让着她。

夜幕不知不觉落下，Colin 面前摆着三个空的啤酒瓶。我听得入神，没有发现他竟然喝光了三瓶。

我问他："那为什么你们现在又在一起了？"

"我把她追回来了啊。"他笑着喝了一口。

他飞到了玥玥的城市，千般哄万般求，她终是敌不过他的一腔深情，原谅了他，并和他一起回到了丽江。

他在酒吧的合同还有一周就到期了。他说，到时候他会陪她去她的城市，在那里找份稳定的工作，然后向她求婚，就那样一直陪着她。

我深深感慨："她必定是爱极了你。"不然，遭受那样的背叛，又岂会轻易原谅。

"是，她爱我，可是已经不再信任我。"

所以不论他在酒吧被多少女客人簇拥搭讪，她从不过问。她就像一个路人一样，事不关己地看着。他也不会刻意在她面前避讳，他觉得那反而会越描越黑，让她更加不信任他。他能做的是每天多花点时间陪她，若没有特别的事，他从不在酒吧喝酒。

他叹气，他多想和她回到从前。他最怀念的，是和她一起躺在拉萨客栈的天台看星星的日子。漫天星空闪烁，如千万双她的眼睛一起望着他，澄澈，明亮，温暖。

听 Colin 说完，我特别特别难受，仿佛这些事就发生在我自己身上一样，可能我和玥玥同为女人，所以感同身受吧。而我确确实实有着和她类似的心境，在她身上我看好像到了自己的影子。

我告诉 Colin，每个女孩子都似这般，一辈子只傻一次。她傻的时候你不珍惜，等到她变聪明了，那就不一样了。哪怕还能在一起，依旧是不一样了。那种心境，没有经历过的人永远不会懂。

Colin 点头，他说他明白。

"好啦，我要去工作了，你别在这儿待太晚。"

我点点头。

走了几步，他忽然回头："知道昨天晚上我为什么会走过来跟你说话吗？因为你低头的样子很像当初的她。"

我愣在原地。

其实他说错了，我不像当初的她，我像后来的她。那种从不顾一切地爱着一个人到不再愿意相信一个人的心境，我和她是一样的，尽管我们的经历不同。

然而，旁人又怎么会明白。

后 记

很多年前的一个晚上，我和一群朋友在香格里拉某客栈的后院开烧烤 Party。那天是中秋节，白色的月光洒满一地，夜凉如水。

香格里拉的晚上气温本就低，到了后半夜，我的脊背渐渐有了一丝丝寒意。我凑近篝火，继续烤我那块半天都没有熟的牦牛肉。四周静悄悄的，只有我们几个人的说话声。

朋友感叹，这样的夜晚也许一辈子只有一次，明年的中秋我们肯定已经各奔东西，谁都不知道自己会在哪里过节，和谁一起过。

我抬头看了一眼月亮，对他们说："等空一些了，我就把这些回忆都写下来。"

当时我说的只是句玩笑话。也许是夜色太美，也许是沾了半瓶啤酒，酒精一上脑，赐给了我信口开河的狂妄。因为我觉得我的记性足够好，根本不需要写，我一定记得住。我甚至可以回忆起很久以前发生的事，精确到每个人说的每句话。

然而，不知是不是岁数越来越大的缘故，现在再去回想当年的某些人某些事，画面已然模糊。我慢慢开始害怕，害怕将来某一天我老了，我会把曾经珍视的一切全部忘光光。如果是这样的话，那将是一件多么可怕的事。

两年前的一个晚上，还是在中秋节。我和几个朋友在新疆那拉提的空中草原看月亮。农历八月的那拉提真是冷得要命，我们裹着厚厚的羊毛毯子，边搓手边抱怨，好冷啊，冷得连看风景的心情都没了。

然后我突然想起，曾经也是在这样一个团圆氛围浓郁却有些寒冷的晚上，我说过，我要把回忆写下来的。

于是，就有了这本书。

我常被身边的朋友羡慕，说我去了那么多地方，美景怕是都看遍了吧。可对于我来说，在旅途上遇到的那些人远比风景来得赏心悦目。

大千世界，水北天南，过客匆匆，要有怎样的缘分才能在离家千万里的地方相遇？

要知道，前世的五百次回眸换来的不过是今生的擦肩而过。若我不珍惜这不远万里的邂逅，该是万分对不起前世的努力经营吧。

我在旅途中认识了很多人，他们之中大多和我只是萍水相逢，某年某月某日在同一张桌子上吃过饭，坐过同一趟大巴车，拼过同一个团旅行……仅此而已。

不过，也有很多人和我成了朋友，甚至挚友。

我们曾一起去深山老林徒步，累得腰酸背痛呼天抢地却惊喜地目睹了同一片世外桃源。

我们曾坐着拖拉机在草原上驰骋，扯着嗓子大声唱着让自己陶醉而事实上却相当难听的歌。

我们曾在沙漠中抛沙打滚，为了见证一场美丽的夕阳而坚守到太阳落山，最后却失望而归。

　　还有很多很多，无暇一一回忆。我从他们身上收获了很多东西，包括快乐，包括友情，也包括成长。

　　他们都是有故事的人，细细挖掘的话，完全不亚于一本百科全书。他们的悲欢离合、喜怒哀乐远不是死板的文字能够记录下来的，可我就是这么不自量力，自私地想留住他们在我记忆中最美好的一面。

　　我怕等我老了，记忆退化了，就再也想不起曾经的美好片段。

　　而如今，我多么渴望与你们分享这些故事。

　　不管结局如何，只为最美的经过。

云葭

2015 年 6 月 25 日